삶이
혼자
울고
웃고

삶이 괜찮다가 안 괜찮다가 괜찮다가 안 괜찮다가

삶이 혼자 울고 웃고

발   행 | 2022년 09월 20일

저   자 | 지연

펴낸이 | 한건희

펴낸곳 | 주식회사 부크크

출판사등록 | 2014.07.15.(제2014-16호)

주   소 | 서울특별시 금천구 가산디지털1로 119 SK트윈타워 A동 305호

전   화 | 1670-8316

이메일 | info@bookk.co.kr

ISBN | 979-11-372-9560-5

www.bookk.co.kr

삶이 혼자 울고 웃고

지연

차
례

1. 삶은 결국 지겨움이다

2. 상처는 드러나지 않는다

마지막 목숨 같아서 / 한참을 울었다 / 노인의 등처럼 굽는다 / 껍데기일 뿐 / 상처는 드러나지 않는다 / 죽을 것 같은 날 / 쓰레기일 수 있다는 말 / 감정의 노예 / 우울 / 마음은 어렵다 / 알면서도 모른 척 / 세상도 나도 운다 / 내가 택한 삶일지라도 / 괜찮은 걸까 / 없는 사람 / 신성한 곳일 테니 / 둥근 원 / 상처를 입안의 염증처럼 / 몸서리가 난다 / 속으로는 울면서 / 나도 그랬어 / 마음을 내어준다 / 길 잃은 고양이 / 외로움은 / 내가 나를 부정할 때 / 물어뜯는다 / 다 살아버린 날씨 / 소리 / 불통이다 / 빗물에 맡긴다 / 무가치한 사람 / 위로 받지 않을 용기 / 아프고 또 아프다 / 삶의 동면 / 비웃음으로 / 삶이 미워죽겠다 / 악몽을 꾼다 / 잠식 / 고르지 못한 날 / 가엾은 사람들 / 스스로를 갉아먹고 / 사막의 거센 모래바람처럼 / 모순덩어리 / 부정적인 감정들은

3. 삶은 살므로 살아진다

마음이 무뎌져서 좋다 / 예쁘게 말한 날 / 운이 좋다 / 면 생리대 / 태풍 / 한의원 할머니 / 여름밤의 술상 / 화분 / 청소 / 자동차 속 부채 / 벌레 / 여름휴가 / 선 긋기 하는 날 / 악몽 / 나이가 들어 좋은 점 / 대상포진 / 배려 / 서점에서 / 토요일 오후 / 분리수거 / 심

학산 둘레길 / 바리스타 시험장 / 이사 가기 전 / 친구 / 굽은 등 뒤로 꽃이 / 삶은 살므로 살아진다 / 폭염 / 개냥이 / 노을 풍경 / 노부부의 인사 / 뿌염 / 편의점 사거리 / 포장마차 / 길티플래져 / 도서관 / 고독 / 지하철 노인 / 이름 모를 꽃 / 새벽배송 / 파주출판도시 / 놀이터 / 공원벤치 / 골목길 / 여자의 통화 / 미용실 / 결국 샐리의 법칙 / 사기 / 부침개

4. 매일의 삶을 끼적이다

체기 / 걷는 속도 / 키오스크 / 내 그림자 / 보고 싶지 않은 사람 / 미니유서 / 위 / 누군가의 가슴속이 그립다면 / 또 봄이다 / 악플 / 행복의 조건 / 그러려니 / 행복의 강박 / 밤 편지 / 비가 그친 후 / 걱정투성이 / 엄마 / 화낼 일 아니라고 / 기준 / 45번 버스 / 인생 뭐 있다 / 착한 아이 / 사랑, 이별 / 인향만리 / 타인의 삶 / 혼자의 삶 / 책 / 부동심 / 매일의 삶을 끼적이다 / 삶 / 감사함 / 기억 / 아가 / 애썼다 / 상처 / 억새풀 / 20살 / 겨울 한파 / 소박한 행복 / 택배상자 / 잠자기 전 루틴 / 눈물 / 꿈같은 겨울 / 먼 훗날, 우리 / 한 사람의 서사 / 빛도 달도 고맙다 / '외유내유'가 어때서 / 웃기위해 운다

작가의 첫 말

 글을 쓴다는 건, 종이 위에 슬픔을 쓰고 기쁨을 지우는 작업 같아요. 다시 말해, 슬픔을 풀어내고 기쁨을 가두는 거죠. 삶에 대한 진한 감정을 쓸 때면 더욱더 그래요.

 저는, 이번에 삶에 대해 쓰고 지우면서 다양한 감정과 생각이 교차해, 글 쓰는 작업이 재밌기도 재미없기도 했어요. 재밌었던 것은 사람의 다양한 감정, 즉 슬픔, 기쁨, 외로움, 괴로움, 즐거움 등을 느끼면서 글 속에 나를 던진 거였고, 재미없었던 것은 그 감정 외에 무엇을 뛰어넘지 못하는 나에 대한 실망이었어요. 그 감정 외에, 더해지는 무엇을 느끼려면 끝날 것 같지 않은 삶을 꾸준히 이어가야겠다는 생각이 들었어요. 그때까지 저는, 제 삶을 지겹도록 쓰고 지우며 반복할 거예요. 삶이 결국 지겨움일지라도 그렇게 할 거예요.

바람이 차진 날에
지연

사람도, 사랑도, 떨어지는 꽃잎도...

삶이리라.

또 넘어지고 또 아플 텐데

머리로 기억하고 가슴으로 되새긴다.

머리로 넘어지고 가슴으로 아플 텐데

또 넘어지고 또 아프다.

1.

삶은 결국 지겨움이다

무릎에 얼굴을 묻고 울어도 될까요? 난 이미 어른인데.

'삶'은 늘 '죽음'에게 말한다.

한 번쯤 살아볼 만하다고

눈물은 곧 삶이다

깊고 깊은 고뇌 속에 잠식하다, 잠시 수면 위로 올라와 심호흡한다. 넓고 넓은 황야의 흙바람 맞으며 걷다, 좁디좁은 바위 틈에 몸을 기댄다. 누군가 뒤에서 톡톡 토닥이면 희미한 미소 지으며 찬찬히 뒤돌아본다. 눈물이다. 눈물은 곧 삶이다.

마음으로 걷는다

초록이 짙은 숲으로 한 발 내딛으며 굵직한 주름진 나무를 안고 어디론가 걷는다. 살랑이는 꽃 향 옆으로 절뚝이는 마음을 옮겼다가 따다닥 딱따구리 소리 쪽으로 마음을 질질 끈다. 잠시 나무 의자에 어깨를 기댔다가 다시 일어나 걷는다. 마음으로 걷는다. 잠이 들 때까지만.

그렇게 살아간다

가느다란 허리로 세상을 이고 가는 개미처럼, 위태로운 집 위로 세상을 오르는 거미처럼, 보이지 않는 눈으로 세상을 질 주하는 두더지처럼, 우리는 세상을 향해 뚜벅뚜벅 걷는다. 걷다 보면 걸어지듯 그렇게 살아간다.

죽음 앞에서의 삶은

갓 태어나 우렁차게 우는 아가를 보면 태어나기 싫은 것 같고, 죽음에 이르러 흐느껴 울지 않는 노인을 보면 죽는 게 싫지 않은 것 같다. 죽음 앞에서의 삶은, 최소한 새 생명 앞에서보다는 더 평화롭고 고요하다.

계절이라는 나는

봄에는 꽃잎이 되어 바람에 흔들리고 여름에는 햇살이 되어 뜨겁게 내리쬐고 가을에는 낙엽이 되어 궂은비에 뒹굴고 겨울에는 눈발이 되어 수북이 쌓인다. 계절이라는 나는, 그렇게 한 해를 보내며 살아간다.

얽매인 삶

일에 돈에 사람에 정작 나에게 얽매여 산다. 몸에 두른 갑옷을 벗어 던지고 자유로움에 나를 던져놓지만, 홀가분하지 않고 마음이 무지근하다. 과연 나는 꿈꾸듯 구름 위를 걸을 수 있을까. 어딘가 불안하고 초조해 다시 갑옷을 몸에 두른다. 누구 탓도 아니다. 얽매인 삶으로 이끄는 건, 오직 나일 뿐이다.

우리도 꽃과 다르지 않다

봄꽃이 피는 시기는 저마다 다르다. 색, 향, 모양, 크기가 서로 다른 꽃들이, 기온의 변화를 감지하며 각기 다른 시기에 저만의 매력 발산으로 피어난다. 우리는 그 덕에 여러 종류의 꽃들을 차례대로 만난다. 일찍 피는 꽃, 늦게 피는 꽃, 급하게 피는 꽃, 더디게 피는 꽃. 우리도 꽃과 다르지 않다.

마음이 마음을 다스린다

그럴 때 있다. 손을 가슴 언저리에 놓아두고 마음을 찾는 일. 도대체 마음이라는 게 있긴 한 건지 혼란스러울 때가 있다. 마음이 답답해 바닥으로 뚝뚝 떨어질 때, 마음이 두근대 크게 요동칠 때, 마음을 찾지 못해 좌절하고 보지 못해 두려울 때, 그때는 매몰차게 외면한다. 그러다 시간 지나 마음이 차츰차츰 보일 때, 그럴 때 마음이 마음을 다스린다.

손바닥만 한 온기

네모난 사각지대에서 빠져나오질 못한다. 그 세상이 전부인 양 나올 듯 말 듯, 그 미진한 용기에도 힘에 부친다. 사람들의 물기 없는 조언은 건조함으로 말라 있고 늦었다고 말하는 표정은 꽤나 표면적이다. 나는 오직, 필요하다. 등 뒤로 흐르는 손바닥만 한 온기, 그 36.5도씨가.

우리가 삶이니까

삶은 차가운 시멘트 바닥 틈새로 피어난 민들레꽃이고 높은 담벼락에 붙어 떨어질 줄 모르는 담쟁이넝쿨이다. 사는 만큼 애쓰고 살아갈 만큼 안간힘을 다한다. 그런 삶은, 묵묵히 살아남아 우리 곁으로 온다. 우리가 삶이니까.

두려움만은

슬픔, 우울, 외로움이 어둠 속에 가라앉을 때 두려움만은 꼿꼿이 서야 한다. 두려움조차 무너지면 이미 지쳐버린 삶의 무게가 잔인할 만큼 버겁다. 두려움에 나를 내주지 않으면 슬픔도 우울도 외로움도 서서히 사그라진다.

마음이 하는 대로

통증이 밀려와 아픔이 외로움이 되는 순간, 고독이 찾아온다. 그 고독에 맞서 싸워 이기려 들면 깊은 낭떠러지로 떨어져 헤어 나올 수가 없다. 그저 고독에 마음을 충분히 적신다. 그런 후 찬찬히 한발 한발 내딛는 힘이 생기면 바깥으로 한 발짝 더 길게 내디딘다. 시간 따위 중요하지 않다. 일말의 작은 빛이라도 마음에 비치면 마음이 하는 대로 따른다.

삶의 흐름대로

강물이 여러 갈래로 흐르듯 삶에도 저마다 흐름이 있다. 그물을 치고 물고기를 한 번에 잡는 어떤 이의 흐름, 낚싯대를 드리워 물고기를 한 마리씩 잡는 어떤 이의 흐름, 몸을 던져 물고기를 맨손으로 잡는 어떤 이의 흐름. 당신은 그중 어떤 이의 흐름일까. 나는 그 어떤 이의 흐름도 들여다보지 않는다. 나는 내 삶의 흐름대로 살아갈 것이다. 당신도 그랬으면 한다.

상처는 깊다

아픔을 부정할수록 나에게 달려드는 상처는 무수하고 깊다. 나는 촘촘한 아픔을 잘게 쪼갠다. 조각난 아픔이 서성이던 마음에 가닿는다. 그때 비로소 나는, 정성스럽게 마음을 돌보고 상처를 받아낸다.

둥그런 마음

송곳니가 네 개쯤 되는 네모난 마음이었다가 하나 빠진 세 개쯤 되는 세모난 마음이 되었다. 시간이 쌓여 세월이 되면 둥그런 얼굴만큼이나 마음도 둥그러질 수 있을까. 그럴 수 있다면, 오늘 송곳니 하나 더 빼고 살아야겠다.

우리는 어른이다

힘들다거나 서럽다는 투정 어린 말들을 토로하지 못하고, 불필요한 책임감과 의무감으로 칼과 총을 치켜세우며 하루하루를 버티는 우리는, 어른이다. 날선 삶을 힘겹게 치받들고 있는 어른이라는 직책은, 내려놓을 수가 없어 불안하고 가엾다. 가끔은 어른이라도, 때가 되면 배고픔에 투정 부리고 울고 싶을 땐 슬픔을 쏟아버리는 아가가 되고 싶다.

죄 많은 세상

죄 많은 세상이다. 부모가 아이를 방치하고 아이가 부모를 헤치는 잉여 인간들의 세상. 친구 사이에 수직관계가 형성되고 남녀관계에 목숨을 거는 세상. 어디서부터 잘못되었는지 모른다지만 서둘러 잘못을 인정하고 죄를 뉘우쳐야 한다. 천천히 나를 들여다보고 나에게 집중한다. 더 이상의 잉여 인간이 존재하지 않기 위해서는 '나'부터여야 한다.

삶이 보인다

끝이 보이질 않을 때 끝을 보려 한다. 먼 바다의 끝, 높은 산의 끝, 들판의 끝을 보아야만 삶이 완성된다고 착각한다. 바다를 멀리 보는 대신 밀려오는 파도를 느끼고, 산꼭대기를 오르는 대신 산자락에서의 호흡에 집중하고, 들판의 한복판에 서는 대신 가장자리에서의 푸르름을 만끽한다. 그러다 보면 그 끝에, 내 삶이 오롯이 보인다.

이 정도면 잘했어

'위플래쉬' 영화의 명대사가 떠오른다. 음악학교의 최고의 실력자이자 최악의 폭군, 교수 플레처는 제자에게 이렇게 말한다. "세상에서 '이 정도면 잘했어'라는 말은 가장 쓸모없는 말이야!"라고. 우리는 '이 정도면 잘했어'라는 말에 공감하지 못하고 최고의 궁극적인 목표에 도달하려 애쓴다. 더 나은 삶을 꼭대기에 걸어놓고 스스로를 비난하고 질타하며 힘든 싸움을 하며 살아간다. 그쯤 어딘가 숨어있는 멈춤 버튼을 찾지 못해 방황하는 우리는, 슬금슬금 온몸에 적신호가 들어와 끝내 마음의 병이 생긴다. 지나친 열정은 독이 된다는 것을 아프고 나서야 뒤늦게 안다. 요즘 나는 '이 정도면 잘했어'라는 말이 따뜻하다.

소박한 삶이

  서로 다른 세상으로 향한다. 바다에 사는 사람은 육지로, 바다 속 돌고래는 수면 위로, 산에 사는 짐승들은 민가로. 모두 거슬러 오르는 연어이고 싶다. 다른 세상은 좀 더 낫지 않을까, 라는 희망을 품는다. 결국 좌절하고 실망하지만, 그 속에서 다시 작은 희망을 찾는다. 우리가 사는 세상에는 목숨 걸지 않아도 되는 소박한 삶이 숨어있다.

특별할 것 없는 삶

세상이 나만 건너뛸 때가 있다. 대학입시에서도, 취업에서도, 승진에서도, 사랑에서도, 결혼에서도. 모두의 모든 것들이 유독 나만 건너뛴다. 그러다 보니 열패감, 열등감 따위에 휘둘려 빈한한 감정에 스스로를 가둔다. 그러다 그저 그런 삶에, 특별한 것 없는 삶에, 깊은 한숨 크게 내쉬고는 접어둔 마음을 고이 다시 펴낸다.

당신의 존재

하늘 끝 흩어지는 구름을 올려다보고 까만 밤 꼭대기의 멈춰진 별을 헤아리는 건, 당신이 슬픈 존재여서다. 삶의 고통, 희생, 서러움이 한 치의 별것 아님을 깨닫고 내달리는 뒷목의 따스한 숨을 어루만질 때, 당신은 기쁜 존재임을 안다.

뒤를 돌아본다

서운하다. 그럴 때면 내 뒤를 돌아본다. 나의 말짓, 몸짓, 눈짓이 그 사람에게 아프게 전달되었나 싶어, 곱씹고 곱씹는다. 그러면 서운함보다 되레 미안하다.

삶은 결국 지겨움이다

　지겹다 하면서 사랑을 하고 지겹다 하면서 이별을 하고 지겹
다 하면서 사람을 만나고 지겹다 하면서 일을 한다. 끊임없이
지겹도록 행동하고 사유한다. 삶은 결국 기쁨도 슬픔도 아닌,
지겨움이다.

내가 내편이길

모두가 내 편이기를 욕망했다. 모두가 내 이야기에 귀담고 나만 바라봐 주길 갈구했다. 그러나 나는, 그들의 편 인적 없고 그들의 이야기를 듣지 못했고 그들 곁에 있어 주지 못했다. 서둘러 욕심을 숨기고 그저 내가 내 편이기를, 내가 내 이야기에 집중하기를, 내가 내 곁에 있어 주기를, 바란다.

힘을 주는 삶

덜 만나고 덜 쓰고 덜 먹고 덜 벌고, 그렇게 살라 한다. 그렇다고 더 만났고 더 쓰고 더 먹고 더 벌었던 지난 삶을 후회하진 않는다. 복잡하고 부단했던 삶이 그때의 나에게 힘을 주었듯이 단순하고 부침 없는 삶이 지금의 나에게 힘을 주기 때문이다.

다시 시작해도

자식 잃은 부모의 울음에도 끝이 있듯이 부모 잃은 자식의
울음에도 끝이 있다. 끝이 있다는 건 또다시 울고 또다시 시작
해도 된다는 의미이다.

행복의 시작

죽고 싶다는 게 살지 않겠다는 것이 아니고 불행하다는 게 행복하지 않겠다는 것이 아니다. 당신으로 인해 무너지고 부서졌다 해도 지금 난, 두발에 꼿꼿이 힘을 주고 서 있다. 죽고 싶다가도 살고 싶어지는 간절함이 있기에, 숱한 무너짐과 부서짐은 작은 행복의 시작일지도 모른다.

살아갈 수 있는 삶

차도 위를 비틀거리며 걷는 사람에게 누군가가 소리친다. "이봐요, 위험해요. 조심해요!" 누군가 그 사람에게 처음으로 말을 건넸다. 그 사람, 이제부터 살아갈 수 있겠다.

삶의 모순대로

　보세 옷에 명품 슬리퍼를 신는다. 버스를 타고 외제 차 키를 손에 든다. 우리는 세상 탓하며 남들처럼 변하길 갈구한다. 결국 삶의 모순대로 스스로를 갈아치우고 헛된 삶을 갈망한다. 자신의 삶을 탓하고 세상을 비난하는 우리는, 이미 알고 있다. 내면이 충만하지 않은 우리 탓임을.

곁사람

타인이 묻는다고 상처가 치유되는 게 아니고 타인이 묻지 않는다고 외면당하는 것이 아니다. 묻거나 묻지 않음은 잘하거나 잘못함이 아니라 배려의 양면성이다. 무엇이든 수용할 용기를 얻고 숨겨진 겁을 소멸시키면 아무 문제도 아니다. 밥을 주는 것보다 곁에 있어 주는 주인을 신뢰하는 반려견처럼, 나는 묻는 것보다 묻지 않고 곁에 있어 주는 '곁사람'이 되려 한다.

마음에도 근육이

넘어지고 넘어져야 산다. 무수한 넘어짐이 당연시되어 크게 아프거나 크게 좌절하지 않는다. 넘어지면 울지 말고 잠시 그 자리에 앉았다가 일어나면 된다. 그사이 지나치는 사람들을 마주했고 흔들리는 나무도 보았고 떨어지는 비도 맞았다. 그리고 나면 일어난 김에 달려도 좋다. 달리다 보면 근육이 붙어 더 멀리 점프해 날아오를 수도 있다. 이젠 넘어져도 크게 아프지도 크게 좌절하지도 않는다. 어느새 마음에도 단단한 근육이 붙었다.

근데

사람들은 말한다. '근데!' 말허리를 싹둑 잘라버리는 말, '근데!' 상대방을 존중하지 않겠다는, 존중할 수 없다는 꽤나 존중하는 척하는 사악한 말. '근데!'

여백을 주는 일

가득한 그림 옆, 투명한 여백을 보면 마음이 뭉클하다. 무거웠던 마음을 그 여백에 놓아두어도 좋겠다는 마음이다. 꽉 찬 삶을 채워 넣다가도 가끔 나에게 여백을 주어 숨 쉴 수 있게 해주는 것. 그 소중함이 커, 부러 마음의 공간을 만든다.

똑같지 않은 하루

매일이 똑같은 하루 같지만, 부는 바람, 따사로운 햇살, 흐르는 구름마저 다르다. 매일 먹는 밥도 커피도 다르고 매일 스치는 사람들도 다르다. 매일이 똑같지 않은 날들이 오늘을 머물지 않고 지나간다. 매일 중 하루가 평범하지 않고 특별하다.

괜찮아

　'괜찮아'라는 말이 '잘했어야지'라는 속내를 삼키고 위로하는
척 전하는 위선일지라도, 열패감으로 힘들었던 당신은 '잘했어
야지'라는 차가운 말들로 숨죽여 울었기에 더더욱 듣고 싶었는
지 모른다. '괜찮아'라고 내뱉은 격려의 말의 묵직함을 부정하
지 않겠다. 그러니 당신이 당신을 토닥이며 위안할 때 스스로
'괜찮아'라고 내뱉길 바란다. 잘하지 못했더라도 '괜찮아'라고.

살고 싶어질지 모르니

'살고 싶어'와 '살아야겠어'가 다르듯 '죽고 싶어'와 '죽어야겠어'는 전혀 다르다. '죽고 싶어'라는 말을 누구나 하지만 '죽어야겠어'라는 말은 누구나 꺼내지 못하는, 꾹꾹 눌러 담아 쓴 유서와 같다. 누구나 꺼낼 수 있는, 하지만 숨죽여 내뱉지 못하는 '죽고 싶어'라는 말을 마음껏 내뱉어 버리자. 어느 순간 '살고 싶어'질지 모르니.

나를 돌보며 살자

가족, 친구, 세상 모두를 끌어안고 살다가는 두 팔이 늘어나 바닥에 질질 끌려 나를 버릴지 모른다. 내가 사는 이유조차 모르면서 그들의 안부를 묻다가는, 내 삶은 어느 순간 황량한 사막처럼 황폐해진다. 나는 세상을 끌어안을 수조차 없는, 세상에 기대어 사는 작은 미물일 뿐이니, 하루하루 나를 돌보며 살자.

헛되지 않아 좋다

하루가 헛되다는 마음이 드는 당신은, 쉼 없이 열심히 살아서 그렇다. 오전에 커피 한 잔도 헛되지 않아 좋고, 오후에 어슬렁어슬렁 산책하는 것도 헛되지 않아 좋다. 밤늦은 시간에 침대 위로 누워 이불 속에서 헤매는 것도 헛되지 않아 좋다. 덜 열심히 살다 보니, 이런 날들이 헛되지 않아 좋다.

하루를 넘기는 것이

하루를 넘기는 것이 소설책 페이지를 넘기듯 넘기면 좋겠다.
가벼이 툭하고 넘기면 재밌는 스토리가 쏟아져 나오는, 그래서
종일 웃고 즐거운, 그런 하루를 넘기며 살았으면 좋겠다.

딱 그만큼씩

벽과 벽 사이에 좁다란 반쪽 자리 풍경마저도, 아파트 담벼락 구석 틈으로 숨은 풀꽃마저도, 빽빽한 빌딩 숲 사이로 삐쭉 보이는 파란 하늘 조각마저도, 나의 마음을 적시고 벅차오르게 한다. 내가 딱 그 존재임으로. 보이는 그 만큼씩만 모아져 나를 온전한 사람으로 만든다. 작고 유약한 존재들은 사라지는 게 아니라 딱 그만큼씩 성장해간다.

눈물이 위안한다

문득 흘리는 눈물이 나를 위로하고 위안한다. 눈물의 온기가
뜨겁다. 뜨겁게 나를 위로하고는 서서히 미지근하게 식는다. 눈
물이 눈가에 맴돌다 볼을 타고 흐를 때면, 나는 더 이상 메마
르지도, 차갑지도 않고 촉촉하다.

하루에 하루를 더해

바다 선착장에 묶여있는 배가 일말의 가치조차 없듯이, 마음 속 심연에 잠식하고 있는 당신의 깊은 메시지도 무가치하고 무용하다. 배가 먼 바다로 출항하듯 당신의 깊은 메시지도 수면 위로 띄워야 한다. 그래야 하루에 하루를 더해 산다.

진정한 위로다

위로를 진심으로 받아보았는가. 사는 동안 몇 번이나 위로받아보았는가. 아무리 되뇌어도 떠오르지 않는다면 당신은 외롭고 쓸쓸한 존재였다. 위로받아보지 못했다면 위로할 줄도 모르는 법. 혹여나 누군가가 눈물을 흘린다면 그 눈물 한 방울 빼앗아 당신도 울고, 옆에서 말없이 있어 주길 바란다. 그것이 진정한 위로다. 그것으로 당신도 스스로를 위안했다.

결핍의 결핍 속에서

．

시련 앞에 우는 짙은 밤은 당신에게만 주어진 게 아니라, 옆집 지하 방에 홀로 사는 외로운 그와도 다르지 않다. 삶의 방향을 잃어 괴로움에 비틀대는 골목길은 당신에게만 주어진 게 아니라, 시골 어귀 깨어진 허름한 가로등 밑에서 사람을 그리워하는 그녀와도 다르지 않다. 사고로 다리를 절뚝거리며 걷는 움푹 파인 바다 모래사장은 당신에게만 주어진 게 아니라, 먼 나라의 진흙 바닥을 외발로 걷는 부모 잃은 한 아이와도 다르지 않다. 우리는 수많은 시련 속에서, 결핍의 결핍 속에서 동시대를 사는, 당신과 나이다.

보여 지는 것이

보여 지는 것이 모든 걸 대변하지 않고 그 사람의 전부가 아
님을 우리는 이미 알고 있다. 그러하니, 샐러리맨의 넥타이를
풀어 헤쳐도 좋고, 승무원의 타이트한 구두도 벗어 던져도 좋
고, 제복 입은 경찰이 담배를 피워 물어도 좋고, 의사들은 환자
들에게 아프다, 하소연해도 좋다. 선입견, 편견, 고정관념 따위
는 버려도 좋다.

내일도 잘 보낸다

어제의 감정들을 꿀꺽 삼켰듯이 오늘의 감정마저 꿀꺽 삼킨다. 습관이다. 소화하지 못한 감정들은 명치끝을 치고 올라와 괴로움의 눈물로 역류한다. 음식물을 꼭꼭 씹어 삼키듯, 감정들을 꼭꼭 씹어 삼켜야만, 오늘을 잘 보내고 내일도 잘 보낸다. 그래야 속 시원히 산다.

오늘의 나는

어제의 나는 오늘의 나와 다르다. 한참 전의 나는 그제의 나와도 다르다. 어제의 나는 조금 울었고 오늘의 나는 조금 웃었다. 어제의 나는 조금 엉망이었고 오늘의 나는 조금 정리되었다.

단순하니까

같은 핑크빛 초록색도 없고 같은 붉은빛 검은색도 없다. 행복도 불행도 제각각 다르다. 우리는 초록색을 초록색이라 부르고 검은색을 검은색이라 부르는 것이, 맞다. 우리는 본래 단순하니까.

그런 삶도 삶이리라

오늘 일지, 내일일지 모르는, 하얀 천장 위로 메마른 동공을 매달아 놓은 노인이 있다. 그런 삶도 삶이리라. 그런 삶을 지켜 보는 이들의 삶도 삶이리라.

어깨 위 슬픔을 툭툭 털어내고
신발에 묻은 아픔을 탁탁 털어내면 될 것을,
그게 뭐 대수라고..

추운 겨울, 춥지 않았던 건

그때의 품 안이 따뜻했기 때문이다.

더운 여름, 덥지 않았던 건

그때의 미소가 시원했기 때문이다.

가끔의 삶도 그렇다.

2. 상처는 드러나지 않는다

존재를 부재로 만드는 순간, 세상은 온통 그림자뿐이다.

괜찮아? 라고 자꾸 묻는 당신,

괜찮지 않다.

마지막 목숨 같아서

낙엽이 바닥에 수북하다. 바싹 마른 잎사귀 하나가 나무 끝에서 위태롭다. 칼바람 부는 겨울이 오면 위태롭던 잎사귀 하나 떨어져, 텅 빈 나무 끝 하늘은 앙상할 것이다. 나는 걱정하듯 붙어있어 달라고 애원한다. 내 마지막 목숨 같아서 애원하듯 읍소한다.

한참을 울었다

흐르는 눈물이 거센 빗줄기로 바뀌었다. 한두 방울 예상했건
만, 흐르는 강물 위로 우는 나를 발견하고 내가 우는지 강물이
우는지 혼란스럽다. 그 모호한 시간 동안, 눈물을 멈춰야 할 때
를 놓쳐버렸다. 머리 위로 시끄러운 차들이 도로 위를 달리고
그 다리 밑에서의 나는, 언제까지 울지 몰라 한참을 울었다.

노인의 등처럼 굽는다

휘엉휘엉 걷는 날이 얼마 남지 않았다는 생각에 오늘도 또박또박 걷는다. 잔 눈물을 훔칠 날이 얼마 남지 않은 생각에 오늘도 꺼이꺼이 운다. 삶이 점점 노인의 등처럼 굽는다.

껍데기일 뿐

김밥은 단무지를 품고 단팥빵은 팥을 품는데, 한낱 사람인 나는 무엇조차 품지 못한다. 내가 나를 품지 못해 그 무엇도 품지 못하는 삶은, 껍데기일 뿐이다.

상처는 드러나지 않는다

모두가 거짓투성이로 살았고 모든 것이 상처투성이로 죽었다. 힘듦으로 슬픔으로 아픔으로 괴로움으로. 모두가 모든 것을 자물쇠로 채워버려 상처는 죽었고, 상처는 드러나지 않는다.

죽을 것 같은 날

  그런 날, 아무도 없는 낯선 길을 걷다 외로움을 호주머니에
주워 담는 날, 주워 담지 않으면 거대한 슬픔이 덮칠 것 같아
하나씩 주워 담는 날, 하나라도 놓치면 괴로움이 밀려와 고통
으로 죽을 것 같은 날. 모두 있다. 당신만이 아닌, 그런 날.

쓰레기일 수 있다는 말

나는 무해하고 남을 해치지 않는다고 말한다. 옆 사람은 상
처로 삶이 곪아버려 괴로워하는데, 그 옆옆 사람도 괴로움으로
삶이 무너졌다 하는데, 나는 여전히 무해하고 남을 해치지 않
는다고 말한다. 누군가에게는 내가 쓰레기일 수 있다는 말이
오늘따라 가슴 찢는다.

감정의 노예

 기쁠 때는 웃어야 하고 슬플 때는 울어야 하고 화날 때는 노여워해야 한다. 이런 감정으로 인해 하루를 연명하며 산다. 감정을 다스릴 줄 아는 주인이 되어 살길 바라지만, 무력한 사람인지라 감정 따위에 굴복해 살아간다. 감정의 노예로 산다.

우울

아무도 찾지 않는 어두운 지하 계단을 뚜벅뚜벅 걸어 내려가는 기분. 빛조차 없는 마지막 계단 난간에 기대어 어둠으로 소멸하는 기분. 우울은 혼자 서성이다 쉽게 빠져나올 수 없는 어두운 심해의 영역이다. 우울은 내면의 힘이 얼마나 나약한가를 보여주고, 절대적 빈곤에서 허우적대는 무능한 감정의 병이다. 당신이 만약 우울하다면 우울한 당신조차 보이지 않을 것이다.

마음은 어렵다

종이처럼 접었다 폈다는 되지만 찢었다 붙이기는 어렵다. 서랍에 넣었다 꺼내면 되지만 자물쇠로 잠갔다 풀기는 어렵다. 마음이 낮일 땐 따가운 햇살을 손으로 가리면 되지만 어두운 밤일 땐 한 치 앞도 보이지 않아 빛나는 별조차 숨는다. 숨는 것조차 보여 지지 않아 마음은 어렵다.

알면서도 모른 척

불편하고 어색한 삶이라면, 외롭고 비참한 삶이라면, 당신은 타인의 외투를 걸쳐 입고 다른 사람인 척 살아가는지 모르겠다. 알면서도 모른 척. 비참해질 때까지 그런 척.

세상도 나도 운다

　갑작스레 세상이 울어 덩달아 나도 운다. 와이퍼가 찍찍 소리 내며 좌우로 유리창의 눈물을 지우고, 지난날의 슬픔도 지우려는 듯 빠르게 움직인다. 슬픈 음악의 볼륨을 크게 키워 차창 밖으로 내보내려 하지만 두터운 차창 벽은 목구멍의 울음으로는 뚫지 못한다. 곧 그치겠지 바라보지만 끝내 비도, 울음도, 멈추지 않는다. 얼마나 더 울어야 얼마나 더 슬퍼야, 이 비가 그칠는지 알지 못한다. 내 슬픔의 무게조차 가늠할 수 없으니 목구멍이 울음으로 타들어 간다.

내가 택한 삶일지라도

아무것도 아닌 곳에, 아무것도 아닌 내가, 이름조차 없는 목적지에 와있다. 힘없이 바닥에 쓸려 피투성이가 되도록 누구의 탓도 하지 못한 채 망가져 버렸다. 절뚝거리는 지금의 나는, 과거의 나로 숨죽인 채 살아간다. 내가 택한 삶일지라도.

괜찮은 걸까

돌려 말한다는 것이 배려이고 인정이라 생각했다. 수십 년 동안 괜찮은 사람이라고 착각했던 나는, 이제 나를 깎아내리며 비틀거린다. 상처, 후회, 배신감, 상실감으로 켜켜이 쌓여 괜찮지 않은 사람으로 변해버렸다. 나는 과연 괜찮은 걸까.

없는 사람

하늘 위로 성큼성큼 계단을 올라가는 기분이랄까. 무너지는 듯한 기분이 아닌 무던함으로, 던져지는 듯한 기분이 아닌 덤 덤함으로, 보이지 않는 투명한 계단을 차곡차곡 오른다. 나는 오르지만, 그곳에서의 나는 없는 사람이다.

신성한 곳일 테니

　지나온 날들이 나를 지옥으로 밀어 넣을 때면 고개가 꺾어질 세라 하늘을 올려다본다. 뭉게구름이 닿는 꼭대기를 찾는 중이다. 그곳은 왠지 지나온 날들이 감히 도달하지 못할 신성한 곳일 테니, 수없이 올려다보아도 좋을 듯싶다.

둥근 원

좋은 사람들만 곁에 두고 싶지만, 늘 그렇듯 좋지만 않은 사람들이 곁에 머문다. 둥근 원을 그려 빙 둘러앉아 손수건 돌리기 하듯 나는 그들 언저리를 돌며 늘 술래 짓을 한다. 둥근 원 밖으로 탈출하려 해도 내 손엔 작은 손수건이 쥐어져 있다. 그물에 걸린 새끼 물고기마냥 놓아달라고 파득거리지만, 꼼짝없이 떠나지 못한다. 지금도 여전히 손에 손수건을 꼭 쥔 채로 둥근 원을 돌고 있다.

상처를 입안의 염증처럼

상처가 닿았을 때 정작 몸부림의 시작 버튼은 멈춰지고, 치유가 닿았을 때 그제야 몸부림의 시작 버튼이 작동된다. 몸부림이 절정에 이르러서야 상처는 상처로 위안한다. 멈춘 듯한 상처는 연고를 듬뿍 발라도 뚫고 나와 나를 괴롭히지만, 함께 가야 한다는 것을 알기에 톡톡 다시 발라준다. 상처를 입 안의 염증처럼 달고 산다.

몸서리가 난다

투명하고 명징한 기억은 자신을 갉아먹고 파괴한다. 거센 파도는 여러 번 바위에 부딪히며 나를 집어삼키고 깨부순다. 잔잔해져 올 파도는 오랜 시간이 주어져야 하고, 흐릿해질 기억은 죽기 직전에 주어진다. 여전히 기억이 또렷해 몸서리가 난다.

속으로는 울면서

금이 간 유리창에 초록색 테이프를 덕지덕지 붙인다. 당장이라도 유리창을 산산조각 내어 상처를 긁어내면 좋으련만, 그러지 못하고 테이프로 봉인한다. 그리고 말한다. "이제 됐다"고. 속으로는 울면서.

나도 그랬어

·

　'나도 그랬어'라는 말은 참담하다. 빗방울 한두 번 맞는 것만으로도 쓰러지는 사람 앞에서, 바람 한 점 맞닥뜨리는 것만으로도 휘청거리는 사람 앞에서, 그 말은 차갑고 서늘하다. 불행의 무게는 서로 다르고 아픔의 양조차 서로 다르니, 함부로 아는 척 공감하기엔 서로 다른 상처를 가졌다.

마음을 내어준다

마음을 내어주는 일에 익숙했다. 가족에게 사람들에게. 반복되는 불편하고 결박된 관계 속에서, 짓밟힌 감정들은 마음을 뭉그러뜨렸고 결국 나는 나를 포기했다. 편협한 상념들로 꽉 차버린 나를 버려두고 방치했다. 그러고는 또다시 마음을 내어준다. 바보같이.

길 잃은 고양이

　도로 옆 메타세쿼이아의 드리워진 그늘 아래의 나는, 시원함
보단 두려움이다. 지금의 그늘이 먼 훗날의 냉정함이 될까 봐,
지금의 즐거움조차 만끽하지 못한다. 늘 오지 않을 두려움에
떠는 길 잃은 고양이다.

외로움은

외로울 땐, 무심코 밟은 떨어진 빨간 꽃잎에 '미안하다' 하고, 나뭇가지 위 엷은 초록색 잎사귀의 보드라움에 '고맙다' 한다. 무심결에 밟은 지나가는 개미에게 '미안하다' 하고 나뭇가지 위에 걸린 바람결에 '고맙다' 한다. 외로움은 결코 충만함보다 못하다 할 수 없다.

내가 나를 부정할 때

내가 더 이상 나에게 필요치 않을 때가 있다. 무수히 많은 모서리에 찔려 마음이 아리고 쓰릴 때, 볼품없는 모난 마음을 구석에 숨기느라 세상 밖의 내 모습조차 부정할 때, 그럴 때 있다. 모두가 있다. 내가 나를 부정할 때.

물어뜯는다

희망을 방심한 사이 절망에 물어뜯기고 기쁨을 방심한 사이 슬픔에 물어 뜯긴다. 사는 동안 살아야 할 이유를 찾지 못하고 나아가야 할 방향조차 몰라 방황하는 사이, 우리는 삶의 방관 자가 되어 보이지도 않는 무엇인가에 물어 뜯긴다. 결국 서로 를 물어뜯는다.

다 살아버린 날씨

사색에 사색을 더하니 바라보는 하늘이 음침하고 스산하다.
사유에 사유를 더하니 내려다보는 땅은 음습하고 거칠다. 좋은
생각들로 덮어보려 하지만 이미 달콤한 초콜릿은 뒷주머니에
숨겨 놓은 지 오래다. 오늘은, 다 살아버린 날씨 같다.

소리

찢기는 소리

찌그러지는 소리

우는소리

떨어지는 소리

그 억울한 소리가 나를 억압하는 소음이고 굉음이다.

불통이다

멈춰 선 내 옆으로 세상은 돌아가고 멈춰진 세상 옆으로 나는 걷고 또 걷는다. 세상과 나는, 끝내 불통이다.

빗물에 맡긴다

비가 흐른다. 엉거주춤 걷는 차가운 시멘트 위로 빗물이 발목까지 차오르고, 비틀거리며 오르는 가파른 계단은 눈물이 되어 흘러내린다. 걸음을 멈출 수 없는 나는, 흐르는 비를 맞으며 찢긴 마음을 눈물에 맡기고, 씻어도 씻기질 않는 눈물을 빗물에 맡긴다.

무가치한 사람

두 손 가득 삶의 짐을 한순간도 놓지 못하는 비루한 인생. 두 어깨 가득 삶의 무게를 한 번도 놓지 못하는 빈한한 인생. 그런 하찮은 인생에 마음을 쏟으며 사는 당신, 참 무가치한 사람이다.

위로 받지 않을 용기

지극히 위로받고 싶다가도, 지독히 울고 싶다가도, 그것마저 습관이 될까 잔뜩 겁먹는다. 한 번의 위로는 나를 울다 웃게 하지만 두 번의 위로는 나를 일으키려다 주저앉게 한다. 위로 받지 않을 용기가 필요하다.

아프고 또 아프다

날카로운 종이에 손끝 베이듯 칼끝의 날선 말들에 마음을 베인다. 빨갛고 선명한 아픔이 마음 깊이 가득 고여, 아프고 또 아프다. 흘러내리지 않아 쓰리고 또 쓰리다.

삶의 동면

숲이 하얀 겨울로 덮칠 때쯤, 나는 누추하고 남루한 삶을 숲 속에 묻는다. 그것이 나에겐 처절히 살아내는 삶의 방법이다. 그곳에서 나는, 살아있는 봄이 다시 올 때까지 깊숙이 삶의 동면을 한다. 아무도 모르게.

비웃음으로

옹졸하고 편협한 사람들, 진심을 곡해하는 사람들, 허튼소리로 뇌까리는 사람들, 모두 낙하하는 폭포수처럼 쏟아져 나와 세상을 비웃음으로 물들인다. 그들로 인한 세상은 아름답지 못해 곧 소진될 것이다.

삶이 미워죽겠다

되는 일도 안 되고 안 되는 일은 더더욱 안 될 때, 못난 손
으로 일그러진 얼굴을 감싸 쥘 때, 이러지도 저러지도 못하는
잠복 상태로 호흡이 요동칠 때, 우리는 매일의 삶을 증오하며
'삶이 미워죽겠다' 한다.

악몽을 꾼다

벽을 허물고 문을 여는 순간, 한순간도 잊어본 적 없는 세상 밖의 가느다란 빛, 그 빛으로 당신은 세상 안으로 들어올 작은 용기가 생긴다. 그러나 당신, 문을 열지 못하는 악몽을 꾼다. 매일 밤마다.

잠식

소리쳤다. 나를 위한 포효와 몸부림으로 또 소리쳤다.

울었다. 나를 위한 치졸함과 비열함으로 또 울었다.

분노했다. 나를 위한 울분과 비통함으로 또 분노했다.

그러다 점점 수면 아래로 잠식되어갔다.

다시는 떠오르지 못하게 모래주머니를 달고.

아래로, 아래로.

고르지 못한 날

불쑥대는 무언가를 어쩌지 못해 무방비 상태로 바깥만 바라보다, 하늘 저편으로 시선을 돌린다. 선한 하늘은 언제나 다르지 않고 구름 아래 얌전한 새들 역시, 그 자리에 있다. 나 홀로 울퉁불퉁 고르지 못해 마음이 곤란하다. 마음이 고르지 못한 날이 잦다.

가엾은 사람들

웃는 얼굴로 슬픔을 가져온 당신, 그 사람과 다르지 않다. 슬픈 얼굴로 행복을 짓는 당신, 역시 그 사람이다. 그 사람, 당신, 모두가 세월에 묻힌 가식적이고 가엾은 사람들이다.

스스로를 갉아먹고

비 맞은 겉옷의 무게를 못 이기는 삶, 흙투성이 신발의 더러움을 못 참아내는 삶, 상처로 더럽혀져 마음의 중심을 못 찾는 삶을 사는 우리는, 자신을 갉아먹고 주변을 피폐하게 한다.

사막의 거센 모래바람처럼

되는대로 돼라, 하면 될 테고 안 돼도 그만이지, 하면 될 일을 켜켜이 쌓은 조건과 명제들로 높은 벽을 세워놓고 세상은, 뛰어넘지 못하면 죽일 듯이 달려들라 한다. 황량한 사막의 거센 모래바람처럼 세상은, 거칠고 두렵다.

모순덩어리

격렬하게 살고 싶은 삶, 처절하게 외면하는 삶. 두 가지의 양
가적 감정을 안고 사는 우리는, 온통 모순덩어리이다. 한순간도
모순된 삶을 놓지 못한다.

부정적인 감정들은

'싫다. 밉다. 증오하다' 수천 번 느꼈을 이 부정적인 감정들은 결코 나쁜 감정들이 아닌, 솔직하게 표현하는 내면이 들려주는 감정 언어이다. 이 감정들을 숨긴 채 살아간다면 우리는, 역설적으로 '사랑한다. 고맙다. 미안하다'라는 긍정적인 감정들 속에서 길을 잃는다.

당신은 가진 게 없다고 말하지만,

당신은 당신을 가졌다.

생각이 반짝거려 감정이 빛날 때면
나는 오롯이 찬란한 별이 될 것이고,
정신이 휘영청 마음이 밝아질 때면
나는 오롯이 떠오르는 달이 될 것이다.

삶도 그럴 것이다.

3.

삶은 삶으로 살아진다

폭설이 내리면 두려움이 아닌, 기다림이다.

백발의 노년의 남자는 아내의 주름진 얼굴을 찬찬히 바라다본다.

아름다운 노을이 지는 것도 모른 채.

마음이 무뎌져서 좋다

작은 글씨가 잘 보이지 않고 어스름한 시간엔 운전하기도 쉽지 않다. 멀리 걸어오는 사람들의 이목구비도 선명하지 않고 짙은 어둠 속에선 발목을 겹질리기도 한다. 또한 물건 이름이나 지명이 입에서만 맴돈다. 그러나 요즘, 예전에 비해 생각과 감정이 칼날처럼 곤두서지 않아 나쁘지만은 않다. 몸이 무너지는 것 같아 씁쓸하지만, 이제는 마음이 무뎌져서 좋다.

예쁘게 말한 날

'딩동' 비대면 요청을 드렸지만, 배달 음식을 들고 현관 앞에서 계신다. 재빠르게 달려가 인터폰 버튼을 누르고 성급히 외친다. "사장님, 음식 놓고 얼른 엘리베이터 타세요!" 그러고는 "감사해요"도 놓치지 않고 전달한다. 사장님은 서둘러 엘리베이터를 타신다. 뿌듯하다. 음식을 테이블에 올려놓고 맛있게 먹는다. 비가 오나 눈이 오나 배달해 주는 라이더들에게 감사할 따름이다. 모든 택배 사장님들 역시, 고맙다.

운이 좋다

대학병원에 와 있다. 다행히 내가 아파서 온 것은 아니다. 복도 의자에 앉아 기다리고 또 기다린다. '바삐 움직이는 바퀴달린 이동식 침대를 이리도 많이 볼 줄이야' 머리가 희끗희끗한 어르신부터 인큐베이터 갓난아기까지 모두 침대 위에 누워 달린다. 이 병동 저 병동 여러 종류의 검사가 진행 중이다. 진료하는 선생님들, 달리는 휠체어들, 느린 걸음의 환자들로 병원 안은 북적인다. 복도 구석 의자에 앉은 나는, 아직은 운이 좋다.

면 생리대

수년 동안 피부에 좋고 건강에 좋다는 면 생리대를 사용한다. 세탁하기 귀찮지만 계속 사용한다. 가끔은 친환경적이라고 주장한다. 틀린 말은 아니니까. 오래 사용하다 보니 대충 세탁해서 전용 빨래집게에 하나씩 꽂아, 좋은 볕에 오징어 말리듯 널어놓는다. 창문을 열어놓으면 바람이 살랑살랑 불어 사찰의 풍경처럼 흔들린다. 면 속까지 표백이 잘되도록 볕에 오래 말린다. 면 생리대를 언제까지 사용할지는 모르겠지만 곧 끝날 거라는 믿음으로 열심히 널어놓는다. '제발! 끝나라. 귀찮다'

태풍

밤새도록 태풍이 몰아친다. 발코니 큰 창문이 요동친다. 창문이 깨질 리 없겠지만 잠이 들지 못한다. 천둥소리에 놀라 눈을 떴다 감았다 여러 차례 반복하다 아침을 맞이한다. 역시나 아침은, 밤새 아무 일도 없다는 듯이 고요하다. 마음도 그렇다. 요란스레 요동치다가 시간이 지나면 덤덤해진다. 안다. 알면서도 늘 안절부절못한다. 먹을 만큼 먹은 나이가 무색할 만큼 창피하다.

한의원 할머니

허리가 아파 한의원으로 침 맞으러 왔다. 앞서 오신 할머니가 혈압 재는 기계에 팔을 넣고 앉아계신다. 삐~ 끝났다. 앗! 팔을 빼지 않고 꾸벅꾸벅 조신다. 직원이 할머니를 부른다. 세 번째 부를 때쯤 눈을 번쩍 뜨신다. "안으로 들어오세요. 침 맞을게요. 할머니"라는 직원의 말에 천천히 일어나시며 신고 있던 슬리퍼를 찾는다. 한 짝은 왼발에 끼어있고 다른 한 짝은 오른발에 없다? 할머니는 못 찾고 헤매지만 두둥. 바로 오른발 옆에 얌전히 놓여있다. 한참 헤매시다가 오른쪽 한 짝을 오른발에 끼어놓고는 다시 왼쪽 슬리퍼를 찾는가? 싶더니 신고 있는 걸 감지하고 아주 천천히 일어나 안으로 걸어가신다. 보는 내

내 할머니 쪽으로 걸어가 슬리퍼를 찾아드리고 싶었지만, 허리 통증으로 일어나기도 힘들어 가만 바라보았다. 내 차례다. 손으로 허리를 짚고 끙 차면서 할머니처럼 천천히 안으로 걸어 들어간다. 나이가 들면 할머니처럼 인지력이 부족해진다. 당연하다. 얼마 전 카페에서 있었던 일이 아직도 큰 충격이다. 음료를 주문하고 진동벨을 받으면서 하는 말이, "번호로 불러주시나요?" 음, 진동벨을 왼손에 꼭 쥐고선 물어보았다. 젊은 친구가 의아해하며 친절하게 설명해주었다. "진동벨로 알려 드릴게요" 음, 너무나도 잘 알지. 제집 드나들 듯이 드나드는 카페인데. 뭐랄까. 그때 내가 너무 정신이 없었겠지, 라며 자기 합리화한다. 한의원에서의 그 할머니는 또 다른 미래의 내 모습이리라.

여름밤의 술상

여름밤이다. 발코니에 조촐한 술상이 차려졌다. 바깥으로는 배달하는 라이더들이 빠라빠라빠라밤 하며 달리느라 바쁘다. 그들도 여름밤을 즐기는 건지 모르겠다. 여름밤은 길고 깊다. 별것 아닌 작은 술상이 참 소중하고 달달하다. 소시지 안주에 맥주 한 모금, 내 얼굴은 검은 밤하늘 속 붉은 달과 같다. 곧 터지겠다.

화분

어쩌다 화분이 2개나 생겼다. 높이가 손 뼘으로 가늠하니 하나는 다섯 뼘이고 다른 하나는 두 뼘이다. 식물과 인연이 없어 매번 죽음으로 몰고 간다. 정 주지 않고 발코니에 놓아두었다. 방치다. '죽겠지, 뭐' '기대하지 않아' 그래도 가끔 물을 줄 땐 한마디씩 해준다. '잘 자라라' 놀랍게도 어느 순간 훌쩍 커져 있다. 뭐지! 그때부터 지나가다 한 번씩 만져주고 말도 건넨다. '쑥쑥 잘 크네!' 두 화분이 오래도록 잘 자란다. 드디어 화분과 인연이 닿았나 보다. 살다 보니 안 맞다가도 맞는 게 생기나 보다. 사람처럼. 별일이다.

청소

티도 안 나는 청소를 싫어한다. 귀찮다. 거실을 대충 쓱쓱. 부직포에 머리카락이 한가득하다. 창문을 열어놓고 사니 바닥이 온통 먼지다. 내 머리카락인데 볼 때마다 더럽다. 왜 이리 많이 빠지는지 청소할 때마다 스트레스다. 화장실 바닥의 머리카락은 더더욱 싫다. 과자나 빵 부스러기는 없는 집이라 다행인데, 온통 내 머리카락에 치인다. 하, 귀찮다. 그냥 놔두자. 못 본척하자. 발코니에 갔다 오니 발바닥이 먼지로 더럽다. 에잇, 물티슈로 발바닥의 먼지를 닦는다. 아, 다 귀찮다.

자동차 속 부캐

　자동차 속 나는, 본캐가 아닌 부캐로 산다. 꽉 닫힌 자동차 속에서의 나는, 육두문자의 달인이다. 종류가 다양하지는 않지만 주로 'sheep baby, ec, gr'를 구사한다. 실수가 아닌 무개념 운전자들에게 외친다. 물론 차 밖으로 욕이 새어 나가는 법은 없다. (내 차의 블랙박스는 판도라의 상자와 같다) 참다가는 차로 들이댈지 몰라 대안을 마련한 거다. 대략 내가 참지 못하는 운전자들의 행태는 이렇다. 깜빡이 없이 훅 들어오는 옆 차(sheep baby), 폭우나 폭설이 쏟아지는 차도에 불 꺼진 깜깜한 앞차(ec), 보복 운전하듯 뒤에 딱 붙어오는 뒤차(gr). 이렇듯 이런 분들한테 대략 3가지의 욕을 날린다. 화가 가라앉는데 특

효약이다. 차에서 내릴 때는 욕하는 부캐만 빼고 착한 본캐만 내린다. 욕을 하나 더 배워볼까, 생각 중이다. 배움엔 끝이 없으니.

벌레

  작은 벌레 한 마리가 거실을 활보한다. 벌레를 끔찍이도 싫어한다. 스프레이 한 통을 모조리 쓸 만큼 완벽 퇴치한다. 이 집으로 이사 올 때 다른 것은 염두 하지 않고 집 앞 작은 동산에 매료되어 계약했다. 푸르름이 매력이다. 집 뒤로는 온통 아파트다. 그렇다면 동산에 사는 작은 벌레 한 마리쯤 거실을 활보한다고 해도 별일은 아닐 테다. 동산은 늘 푸르름을 선물하건만 벌레 한 마리 받은 것 같고 이 호들갑이다. 무릇 그들의 삶의 터전에 우리가 침범해 얹혀사는 건 아닐까. 우리는 시멘트 세상에서 그들의 삶으로 인해 마음껏 호강하며 건강해질 뿐인데, 작은 벌레 한 마리라도 고마워해야 하는 건 아닐까.

여름휴가

고속도로 차들만 봐도 진이 빠지는 여름휴가다. 이런 날에는 좀처럼 휴가를 떠나지 않는데, 삶은 계획대로 되지 않는다. 타오르는 고속도로 차도, 그 옆의 가로수들도 바싹 말라간다. 차 안에서 에어컨을 틀어도 바깥세상으로 숨이 턱턱 막힌다. 몇 시간째 고속도로에 있다가 드디어 숙소에 도착했다. 숙소 안에서 시원하게 몸을 식힌 후, 바로 앞 계곡물에 발을 담그면 이 맛에 여행 오지, 한다. 그러다 얼음장 같은 계곡물에 파르르 질려 다시 발을 뺀다. 사람이란 게 간사하다. 움직이지 않는 것들은 더위도 추위도 잠잠히 견뎌내는데, 한결같지 않은 사람들은 덥다, 춥다, 난리다.

선 긋기 하는 날

 연락처에서 한 해 동안 단 한 번도 연락하지 않은 명단을 삭제하기로 했다. 미련 없이 지우자. 궁금한데 라든지. 연락하게 될 것 같은데 라든지, 소용없고 미련 없다. 모든 관계를 모두 다 수렴할 필요는 없으니까. 우물쭈물하다 모두 삭제했다. 남은 명단이 별로 없어 씁쓸하다. 나이 들면 만나는 사람도 줄여야 하니 잘했다. 봄이 오면 대청소하듯 나를 스쳐 간 무의미하고 모호한 관계들을 끊어냈다. '엔딩폴리시'처럼. 아쉬운 것 없다.

 '엔딩폴리시'란 콜 센터에서 1단계, 2단계, 3단계로 나눠어 3단계(무례한 욕설)에 경고 조치 후, 전화를 먼저 끊을 수 있는 시스템이다. 2012년, 현대카드 부회장은 직원들이 성희롱이나 욕설하는 고객의 전

화를 먼저 끊을 수 있게 만들었다.

우리 삶은 늘 관계에 지쳐 힘들어한다. 아무리 가족, 친구, 가까운 지인 사이라도 감정이 질식 상태가 되기 전에 '엔딩폴리시'를 사용해야 한다. 열심히 일하는 콜 센터 직원들 포함 우리 모두가 감정노동자이니, 애매하고 불편한 관계라면 끊어낼 용기가 필요하다.

악몽

    죽는 것을 두려워하던 모습이 너무 명징해서 밝아온 아침마저 악몽이다. 그런 날은 하루를 버리기 전에 가벼운 책하나 들고 근처 카페로 간다. 검은 활자가 눈에 들어오지 않는다. 창문 너머로 보이는 파란 하늘의 흐르는 구름 따라 시선을 고정한다. '참 느리게 가는구나. 나처럼' 잠시 후, 나뭇가지에 새들이 몰려와 쫑알대기 시작한다. 그 작은 것들의 소리에 묵직했던 마음이 흐린 커피처럼 연해진다. 어느새 악몽은 구름에 가려 사라졌다. 책을 펴든다.

나이가 들어 좋은 점

학창 시절에 소설이나 시를 읽고 문제를 풀어야 하는 시험이 없어서 좋다. 주제가 무엇이냐, 답이 무엇이냐, 하는 식의 시험을 볼 때마다 나에겐 잔인함이었다. 책을 읽을 때는 내가 느끼는 순수한 감정 그대로 읽고 느끼고 싶은데, 항상 주제를 찾고 답을 해야 했다. 지금은 아니니 좋다. 나이 들어 좋은 점이, 읽히면 읽히는 대로 안 읽히면 안 읽히는 대로 읽어서 좋다. 답이란 게 없다. 그래서 어른이 빨리 되고 싶었나 보다.

대상포진

5년 전이었다. 눈에서 두피까지 타고 올라온 기분 나쁜 염증, 대상포진. 대략 한 달 동안 매일 병원을 다니며 치료받았다. 힘든 일도 하지 않았는데 몸은 왜 그리 힘들어했는지. 어르신들만 걸리는 줄 알았더니 나에게도 찾아왔다. 통증은 상상을 뛰어넘지만, 워낙 통증에 익숙한 터라, 뭐, 참을만했다. 의사는 무조건 쉬라 했고 나는 쉬었다. 힘든 일을 안 해도 힘든 마음이 있었을지 몰라, 한 달 동안 쉬어가기로 했다. 흉측한 몰골로 모자를 푹 눌러쓴 채 피부과로 매일 출근했다. 직원인 줄. 음, 심한 괴물이 되기 전까지는 여드름인가 싶어 회춘하는 줄 알았다. 무튼 작은 수포가 보이면 병원으로 바삐 달려가도록 하자.

배려

공원에서 긴 목줄을 한 강아지와 할머니가 다정하다. 벤치에 앉아 에어팟을 끼고 음악 듣는 젊은 여자도 평화롭다. 그러다 서로 눈을 흘긴다. 강아지가 벤치에 앉은 젊은 여자의 운동화에 코를 대고 킁킁거리니, 음악을 듣던 젊은 여자가 화들짝 놀라며 미간을 좁힌다. 뭐, 대수라는 표정으로 할머니도 인상을 찌푸린다. 반대편에 앉은 나는, 두 사람을 응시하며 생각한다. '목줄을 짧게 잡았더라면' '강아지를 보고 웃어줬더라면' 우리는 서로 다른 사람임이 분명하다. 상대에 대한 생각, 감정이 모두 다를 수밖에 없어 서로 간에 작은 배려가 필요하다. 나도 걷다가 강아지가 달려들면 깜짝깜짝 놀란다. 사랑스럽긴 하지만.

서점에서

아주 오래전, 바람이 센 잔인한 4월이었다. 일산 대형서점에 들러 책을 고르고 있는데, 책을 든 할아버지가 어린 손자의 손을 잡고 소란을 피웠다. 조용했던 공간이 시장통으로 변했다. 가만 들어보니, 할아버지는 어린 손자의 책을 환불해달라고 요청했고 직원은 정책상 그럴 수 없다고 했다. 어린 손자의 책은 그 시절 유행했던 비닐로 패킹된 천자문 만화책이었다. 할아버지는 큰 소리로 말했다. "안되는 게 어디 있어? 요즘 세상에!" 직원은 낮은 어조로 재차 설명했다. "비닐을 벗겨내셔서 안 됩니다" 나는 살면서 안되는 게 부지기수였는데 할아버지는 평생 안되는 게 없었나 보다. 옆에 쭈뼛거리며 서 있던 어린 손자의 두 볼은 바닥에 떨어진 동백꽃 꽃잎처럼 붉어져 있었다. 어린 손자는 할아버지가 싫어져 다시는 할아버지와 서점에 오지 않았을 것이다. 문득 나의 어린 시절이 떠올랐다. 엄마와 시장가는 길에, 횡단보도로 꼭 건너야 한다고 배웠던 나는, 횡단보도로 건너자고 했지만, 엄마 손에 이끌린 나는 횡단보도가 아닌 찻길로 뛰어 건넜다. 엄마는 차오기 전에 빨리 뛰면 된다고 하며 막무가내였다. 횡단보도가 좀 멀리 있었던 게 죄다. 어린 나는, 서점의 할아버지 손자처럼 사람들의 눈들이 나만 응시하는 것 같아 창피해 숨고 싶었다. 할머니가 된 지금의 엄마는 어떨까. 연세가 있어 뛰지는 못하니 그럴 일은 없겠다. 설마 차도로 당당히 걸어가시는 건 아니겠지. 어휴.

토요일 오후

어디로 가야 할지 모르지만 일단 핸들을 잡았다. 아파트 단지를 벗어나 핑크빛 벚꽃 터널을 지나친다. 창문을 열어 벚꽃 향과 벚꽃 바람을 맞이한다. 내린 차창 안으로 핑크빛 벚꽃 이파리들이 바람에 실려 후드득 쏟아져 들어온다. 입가에 미소가 번지더니 행복 호르몬이 뿜뿜 뿜어져 나온다. 혼자가 아닌 함께하는 드라이브다. 이렇게 좋을 수 있을까. 방향을 잡지 않고 금세 도착한 곳은 헤이리 마을이다. 바람, 하늘, 온도, 모든 것이 완벽하다. 차를 세워 무장애 숲길에 올라 헤이리 마을을 한눈에 담는다. 행복하다. 지금, 이 순간 나만큼 행복한 사람 손!

분리수거

분리수거하는 날이다. 금요일 아침. 눈뜨자마자 큰 박스 2개를 엘리베이터에 싣는다. 1층에 도착해 문이 열리자 빠르게 큰 박스 하나를 두 팔에, 다른 박스 하나를 오른발에. 오른발로 툭툭 쳐내며 복도를 지나 공동 현관문에 이르렀다. 공동 현관문이 열리면 오른발로 박스를 거세게 쳐내 밖으로 통과시켜야 한다. 걸렸다. 윽. 자동문은 다시 다치려 하고 박스는 아무리 쳐내도 밖으로 나가질 못한다. 노란색 점자블록에 막혀 박스가 걸려 엎어지고 자동문이 닫히면서 박스는 찌그러졌다. 윽. 아침부터 짜증이 확 밀려와 폭발 직전이다. 비까지 부슬부슬 내린다. 우여곡절 끝에 분리수거 임무를 마치고 다시 공동 현관문에 섰을 때, 바닥의 점자블록을 보고는 머쓱해했다. 누군가에게는 생명과도 같은 안전장치인데, 못 배운 사람처럼, 나이 먹은 값도 못 한 채 화를 냈다. 나는 반성한다. 비장애인인 나라도, 그 누구라도, 장애인이 될 수 있음을 명심해야 한다고.

심학산 둘레길

차로 7분이면 도착하는 심학산 숲속 둘레길이다. 걷다가 나무를 안아본다. 굵고 묵직한 나무를 안고 있으면 처음엔 찬 기운이 몸을 타고 흐른다. 그러다 한참 동안 내 온기가 나무에 흘러 들어가서 스멀스멀 따뜻해진다. 표면은 울퉁불퉁 거칠고 투박해도 마음속은 유연하고 따스하다. 그 시간 동안 나는 나무로 위안을 얻는다. 나무와 나는 헤어지기 싫은 연인처럼 꼭 붙어있다. 나무의 품은 쉽게 빠져나올 수 없는 블랙홀이다. 오늘은 이 나무를 놓지 못하겠다. 주변으로 새들이 모여든다.

바리스타 시험장

10년쯤 됐다. 감독관 지시에 따라 타이머의 시작으로 정확하게 15분 동안 실기시험을 치르는, 바리스타 2급 자격증 실기시험장이었다. 남녀노소 학생들은 초긴장 상태였고 다가올 본인 순서에 대해 마음의 준비를 하고 있었다. 적막했던 그때였다. 시작하기 바로 직전, 감독관이 갑자기 소리를 질렀다. "정신 똑바로 차리세요!" 모든 학생이 놀라 타이머를 작동하는 직원에게 시선을 집중했다. 어쩔 줄 모르는 그 직원의 얼굴은 흑색이 되어 "죄송합니다"를 연발하며 연신 고개를 조아렸다. 시작하기 전, 잠깐의 타이머 작동 실수가 있었나 보다. 순간 긴장한 학생들도 얼굴이 찌푸려지고 시험장 분위기는 삭막해졌다. 모두 시험관을 향해 너 나 할 것 없이 두 눈으로 육두문자를 날렸다. "미친X" 그래, '상하관계'를 이곳에서 증명해 내는구나. 함께 온 직원과 실기시험 준비 중인 학생들 대상으로 그 감독관은, 분위기를 망치면서까지 본인 스트레스를 발산했다. 내 차례를 기다리면서 머릿속으로는 시험 생각과 더불어, 감독관의 무지한 행동에 대해 솟구치는 화를 억누르느라 애먹었다. 앞으로 다가올 세상에는, '상'과 '하'가 없는 서로 존중하는 '수평관계'였으면 하고 바란다. '어이, 감독관! 당신 별것인 줄 알지만 지나치게 별것 아니야!' 시험이고 뭐고 감독관 목소리보다 더 크게 한마디 해주고는 나왔어야 했는데. 윽, 그놈의 시험이 뭐라고.

이사 가기 전

이사 가기 전, 창고에 처박아두었던 물건들을 하나씩 정리한다. 앨범을 찾아내 바닥에 주저앉아 빛바랜 사진들을 찬찬히 책장 넘기듯 본다. 친구들과 여행에서 찍은 바랜 사진들이 눈에 들어온다. 후지산이 보이는 케이블카를 타고 외국인과 함께 찍힌 사진, 칠갑산 하산 후 술에 달아오른 빨간 얼굴이 찍힌 사진, 제주도에서 바닷가 배경으로 우르르 옥신각신하다가 찍힌 사진. 가만 들여다보니, 모두 웃고 즐겁고 행복한 표정뿐이다. 나는 그 시절, 프레임 속 세상을 반추하며 지금 웃고 있다.

친구

　함께 밥도 술도 먹고 마시며 밤을 지새우기도 했다. 파릇한 대학생에서 회사 초년생 때까지 우린 함께였다. 그날은 종로에서 만나 술 마시기로 한 날이었다. 자주 있는 일이었다. 그런데 그날, 친구는 머리가 깨질 듯이 아프다며 오지 못하겠다고 했다. 무심코 지나가는 말로 약 먹고 푹 자, 라고만 했다. 우린 그 뒤로 밥도 술도 먹고 마시지 못했다. 친구는 '악성 뇌종양'이었다. 입원한 병원에서 그 친구를 만났을 땐, 수술 직후였다. 문을 열고 들어간 순간 환자 중에 친구는 없었다. 머리가 3배는 커져 버린 어떤 이만 있었다. 친구의 엄마가 나를 맞이해주어 어떤 이가 내 친구임을 알았다. 친구의 엄마는 울면서 전날

밤 이야기를 해주었다. 친구가 밤에 자다가 창문 밖으로 몸을 던지며 가야 한다고, 누군가 자기를 부른다고 하면서 울더란다. 친구의 엄마는 눈물로 친구를 꽉 끌어안았다고 했다. 그런 후 친구는 병과 싸워 지고 말았다. 악성 뇌종양이 친구를 데려갔다. 그때 나는 '착하면 뭐 해, 빨리 죽어버리네!'라며 많이도 울었다. 그 친구로 말할 것 같으면, 밥도 꼭꼭 씹어 먹고 잘 웃고 친구들의 얘기를 귀담아듣는 소위 착한 친구였다. 지금도 부산으로 여행 가면 해운대 모래사장에 큰 하트로 둘의 이름을 새겼었던 추억이 떠오르고, 일본 지하철 이케부쿠로역 근처 숙소에서 19금 TV 채널이 나와 화들짝 놀라며 파안대소했던 추억이 떠오른다. 보고 싶지만 이젠 보고 싶지 않다. 친구가 다시 아플까 봐. 나는 친구가 그리운 것보다 친구와 술 한잔했던 그 추억이 사무치도록 그립다. '친구야, 너도 벌써 50이구나'

굽은 등 뒤로 꽃이

아파트 바로 앞에 작은 동산이 있다. 계단 몇 개 오르면 긴 나무 의자가 나란히 놓여있다. 할머니 세 분이 멀리 숲을 바라보고 앉아계신다. 나는 세분의 등 뒤로 멀찌감치 서서는, 멀리 숲을 바라본다. 그러다 흐드러지게 핀 꽃들이 눈에 띈다. 거기엔 연분홍 꽃잎들이, 찐 노랑 꽃잎들이, 보라색 꽃잎들로 화사하다. 마치 푸른 숲속에 핀 꽃잎 같다. 할머니들의 굽은 등 뒤로 꽃이 화사하다. 나도 할머니가 되면 예쁜 꽃잎들이 핀 화사한 옷을 입어야겠다. 나도 저렇게 등에 꽃을 달고 앉아 있어야겠다. 흐흑, 영감님들이 안 계신다.

삶은 살므로 살아진다

식당으로 세 가족이 들어온다. 50대 부부와 20대 중반쯤 된 아이다. 청년이라고 부르기엔 내 눈엔 아이로 보인다. 식당 안 깊숙이 들어와 앉고는, 부부는 주문하고 아이는 두리번거린다. 식사가 테이블 위에 놓이고 부부는 식사하기 시작한다. 두리번 거리는 눈동자만 식당을 배회할 뿐 아이는, 조용히 식사한다. 부부도 그렇다. 오랜 시간 부부는 사랑과 인내로 아픈 아이를 키워내며 오래도록 울음을 삼켰을 것이다. 아이는 부부에게 보답하듯 평범한 식사를 한다. 나도 그 덕에 평범한 식사를 한다. 감사하다. 세 가족은 절대 가볍지 않은 삶을 살아냈고 앞으로도 살아낼 것이다. 삶은 살므로 살아진다.

폭염

꽂히는 태양에 널어놓은 빨래들이 말라비틀어질 지경이다. 폭염이다. 아파트 바깥 에어컨 실외기가 폭염에 잘 견뎌낼지 걱정이다. 나는 오래된 티 한 장을 꺼내어 거실 바닥에 놓고선 재단한다. 양쪽 팔을 가위로 쓱 자르고 등판을 네모나게 오려낸다. 입어보니 좀 우습다. 거울로 뒤태를 보니 모델들이나 소화할 법하다. 등이 훤하다. 서둘러 수박을 꺼내 네모나게 사각 썰기를 해서 시원하게 먹는다. 수박 주스도 만들었다. 에어컨을 켠 채 핫한 옷을 입고 수박을 먹으니 등이 오싹하다. 저녁에는 가스 불이 필요 없는 열무 비빔밥을 야무지게 비벼 먹어야겠다. 아무도 집에 들어오지 마라. 내가 폭염이다!

개냥이

    작은 산책길에 고양이를 만났다. 자주 만난다. 의자에 앉아 있는 내게로 오더니, 내 두 다리 사이로 작은 몸을 가둔다. 번쩍 들어 안아주고 싶지만, 못한다. 동물을 보는 것만 좋아하는 나는, 몸을 두 다리에 비비는 고양이를 어찌할 바 몰라 음, 신음한다. 사랑받고 싶어 하는 개냥이다. 사랑해 주는 법을 몰라 고양이만 바라본다. 내가 꼭 나쁜 인간 같다. 칠흑 같은 밤이 되었다. 비가 후드득 쏟아진다. 그 고양이는 잘 잘 수 있을까. 지붕 없는 곳에 사는 고양이 생각으로 마음이 습해진다.

노을 풍경

바람까지 물들이는 노을을 따라 달린다. 노을 위로 빨간 신호등이 물들어 있다. 브레이크를 밟고 차를 멈춘다. 차 앞, 노을 속으로 볼 빨간 소녀와 강아지가 뛰어가고 반대편에서 자전거 페달을 열심히 밟는 아저씨가 달린다. 저 멀리 노을 저편에는 내 또래 부부가 손을 잡고 걷는다. 모두 나름의 이유로 나름의 방향으로 안온한 곳으로 향한다. 노을이 지지 않았으면한다. 오래도록 이 풍경을 가슴에 넣고 싶다.

노부부의 인사

노부부가 내 옆을 지나치며 대화한다. 백발의 할아버지와 할머니는 앞서거니 뒤서거니 하며 구부정하게 걷는다. 앞서 걷는 할아버지는 걷다 서다 뒤를 바라본다. 뒤서 걷는 할머니도 걷다 서다 앞을 바라본다. 또다시 할아버지가 뒤를 보자 몇 미터 떨어진 할머니는 먼저 가라고 손짓한다. 그러자 할아버지는 할머니에게 조금 큰 소리로 말한다.

"먼저 갈 테니 나중에 와요."

"천천히 조심히 와요."

"그럼, 나중에 보자고. 흐음."

나는 울컥한다. 노부부의 마지막 인사 같아서.

뿌염

요즘 집에서 뿌염을 한다. 거의 30년 만이다. 20살부터 염색했으니 오래도록 머리를 못살게 굴었다. 머리카락에 자유를 주기 위해 밝은 염색은 중단한 상태다. 이제는 내 검은 머리색으로 산다. 뿌듯하다. 10년쯤이면 뿌리 염색도 중단하고 싶다. 용기가 날까. 나이 먹는 게 창피한 일도 구차한 일도 아닌데 자꾸 흰 머리카락을 숨기느라 바쁘다. 언젠가는 흰 머리카락 휘날리며 당당히 걷고 싶다. 늙음의 멋이리라.

편의점 사거리

밤 10시. 대형 학원 편의점 사거리. 아이들은 인스턴트 음식으로 출출한 배를 채우고 편의점을 나온다. 시끄러운 경적은 괴기스럽고 자동차의 붉은 불빛들은 아이들을 삼킬 듯 주시한다. 아이들은 어둠의 자식들 마냥 플로팅 하듯 둥둥 떠다닌다. 그들에겐 중력 따윈 무용하다. 큰 가방을 짊어지고 눈빛은 퀭하여 초점이 흐릿하다. 그 눈빛의 아이들을 검은 자동차들이 하나둘씩 집어삼킨다. 편의점 큰 사거리는 다시 텅 비고 쓸쓸하기까지 하다. 아이들 마음도 그럴 것이다. 이 아이들은 오늘 하루, 어떤 등급을 받고 자랐을까.

포장마차

유난히도 덥고 지쳤던 여름이었다. 20대의 끝자락, 종로 포장마차에서 둘의 고민을 술에 섞어 여름의 시간을 목으로 넘기고 있었다. 어색한 웃음과 애석한 슬픔이, 빨개진 얼굴에 묻어났다. 어둑한 밤으로 시간은 흘렀고 둘은 포장마차 바깥으로 나와, 도시의 꺼지지 않는 불빛들에 이끌려 걷고 또 걸었다. 새벽이 되어서야 습한 밤공기는 가라앉았고 둘은 공원 벤치에 나란히 앉았다. 지금도 그 오랜 기억이 또렷해 지금이 20대의 마지막 날인 것 같다. 그런 날이 다시 올까 싶어, 마음이 짠하고 아리다.

길티플래져

마트에서 맛있게 익은 섞박지를 샀다. 늦은 저녁 섞박지를 하얀 쌀밥 위에 올려 먹는다. '이 맛이지' 잘 익은 섞박지는 그 때부터 문제를 일으켰다. 몸 전체에 나쁜 글루텐이 당기기 시작했다. 냄비에 물을 담아 라면을 끓였다. 길티(guilty)가 느껴지지만 플래져(pleasure)가 크다. 후회할 걸 알면서도 자기 합리화로 세뇌한다. '오랜만인데 뭘' '국물은 안 먹을 거야' 오늘따라 라면에 섞박지가 아주 성공적이었다. 맛있다! 죄책감은 크지만 기쁨이 더 크다. 오늘만 길티플래져로 저녁 식사를 마쳤다. (사실, 비가 내려 국물도 마셨다, 더 한 길티(guilty)를 느낀다)

도서관

오랜만에 집 근처 교하 도서관에 들렀다. (참고로, 애정 하는 도서관 3곳이 있다. 한울 도서관, 교하 도서관, 물푸레 도서관. 모두 숲길 산책로가 이어져 있어 책 보다가 산책하기 좋은 곳이다) 조용한 도서관 안으로 들어가 서가에서 책을 몇 권 빼서는 자리 잡고 의자에 앉았다. 책장 넘기는 소리가 적요하다. 몇 권의 책을 대충 훑고는 허리도 펼 겸 밖으로 나와 산책로를 걸었다. 책을 본 탓에 침침한 눈으로 숲속을 걷다가 분수대 앞에 잠시 앉았다. 또다시 도서관에 들어가 책을 대출해서 나왔다. 10권. 책을 바라보며 한심한 듯 웃는다. 다 읽지도 못할 10권은 아마도 그대로 반납될 것이다. 책은 무겁고 욕심도 무겁다.

고독

카페에 있다. 사람들이 제각각 홀로 앉아 노트북을 보거나 책을 읽는다. 혹은 핸드폰을 보며 시간을 보낸다. 나는 멀찌감치 떨어져 앉아 멍하니 바깥을 응시한다. 테라스에 키 큰 대나무들이 빽빽하다. 카페가 좀 쓸쓸하다. 혼자 와서는, 각자의 일에 몰두하는 사람들이 어딘가 모르게 쓸쓸하다. 나도 그렇다. 통창 바깥으로 지나가는 버스나 자동차, 그리고 걷는 사람들을 구경한다. 모두 분주해 보인다. 통창 너머로는 시끄럽고 북적이는 다른 세상이다. 혼자 앉아있는 이곳은 조금은 쓸쓸하지만, 이 쓸쓸함이 안온하다. 나는 책을 펴들고 내 할 일을 하며 고독을 즐긴다. 테이블 위, 식어가는 커피도 고독에 놓여있다.

지하철 노인

25살, 토요일 근무를 마친 후 봄 햇살에 노곤해진 몸을 싣고 집으로 향하는 1호선 지하철을 탔다. 피곤해진 탓에 좌석에 앉자마자 그대로 잠이 들었다. 역 이름을 알리는 소리가 간간이 멀게 들려왔다. '아직이네' 하던 참에 갑작스레 큰 호통 소리가 들려왔다. "요즘 젊은것들은 양보하기 싫어서 자는 척을 해. 으흠" 큰소리에 정신이 들긴 했지만 내 앞에 서 계신 어르신이란 걸 안 순간, 눈도 뜨지 못하고 계속 자는 척을 했다. 모두 나만 바라보고 있는 것 같아서 도저히 양보할 수도 일어날 수도 없는 상황이었다. 정말 자는 척을 했다면 내가 정말 '요즘 나쁜것들'이겠지만 나는 피곤함에 지쳐 잠을 잤을 뿐이다. 억울했다. 그때를 생각하면 그 어르신한테 한마디도 못 한 걸 후회한다. '어르신, 어른 맞아요? 눈이 침침하시죠! 내가 자는척하는지 진짜로 자는지도 구별이 안 가요! 다리 아프시면 집에나 계세요!' 이렇게 말했어야 했는데... 지하철에서의 그 어르신이 구시대적인 발상의 마지막 존재였기를 간절히 바란다. 나는 어르신으로 갈아타는 몇 단계를 남겨 놓은, 아직은 중년 상태다. 내가 이다음에 어르신이 되어 지하철의 일반 좌석 앞에 서 있다 피치 못하게 앉아야 할 상황이 온다면, 정중히 물을 것이다. "젊은이, 정말 미안해요. 내가 다리가 좀 불편한데 혹시 양보해 줄 수 있을까요?"라고. 인격을 갖춰서 말이다. 그 어르신한테 배운 게 하나 있다. 나이 들수록 '궁금하면 묻고 따뜻하게 답변'하는 노인이 되겠노라고. 그때의 요즘 젊은것들이자 청춘이었던 나도 힘들었고 지금의 청춘들도 힘들다는 것을 우리 중년들이, 앞으로의 노년들이 간과해선 안 된다고 생각한다.

이름 모를 꽃

동네 작은 도로 옆, 예쁘고 화사한 꽃들로 가득 묻어있는 나무들이 줄줄이 있다. '이름이 뭘까?' 알고 싶지만, 물어볼 사람이 없다. 마침 지나가는 연배 있는 아주머니가 있어 물을까도 고민했지만 멈칫거리다 말았다. 그분도 모른다고 하면 서로 뻘쭘할까 싶어 묻지 못했다. 내일도 이 도로를 지나칠 텐데, 또 '예쁘다' 하면서 궁금해할 것이다. 그다음 날도 똑같을 것이다. 그러고 보면 알고 싶지만, 모르고 지나가는 것들이 많다. 점점 궁금한 것들에 대해 모른 척 모르고 지나치는 것들이 많아진다. 모르는 게 약인 것처럼. 그 꽃들과 나무들, 나로 인해 이름은 없지만 괜찮다. 그저 바라보는 것으로 족하니까.

새벽배송

마트에 직접 가서 장 보는 것보다, 새벽 배송 사이트에 들어가 상품을 고르는 시간이 훨씬 긴 이유는 뭘까. 소파에 누워 장바구니에 상품을 넣다 뺐다 반복하다가, 갑자기 딴 짓거리 좀 하다가, 다시 누워 상품을 훑다가, 세일 상품에 꽂혀 상품을 많이 담는다. 지레 지쳐 카드 결제하다가 아뿔사! 안 산 게 또 있네, 한다. 우습다. 나는 몸이 좋지 않을 때나 날씨가 좋지 않을 때 누워서 장 본다. 잦은 일이다. 새벽 배송 없었으면 어떻게 살았을까, 싶은 정도로 열심이다. 예쁜 보냉 가방도 준비되어 있다. 감사한 새벽 배송이다. 고맙다.

파주출판도시

일요일 오전 11시. 출판도시에 있다. 온통 초록이다. 걸을수록 마음이 봄 같아지는 도시다. '행복해'라는 말이 절로 나온다. 잎사귀끼리 부딪치는 소리가 즐겁다. 걷다 보면 푸른 하늘의 초록 나무들이 이쪽으로 오라고 봄 짓을 한다. 이끌리듯 가다 보면 또 이리로 오라고 또 다른 나무가 봄 짓을 한다. 걷다가 멈춰 서서 바람의 온도를 느끼는 순간이 나에겐 행복이다. 싱그러운 시샘의 봄 짓들이 나를 설레게 해 행복에 묻혀 죽어도 좋을 날이다. 1년 내내 봄 짓거리 보면서 기지개를 켤 수만 있다면 삶은, 참 살아볼 만하다. 오늘따라 내가 이 출판도시를 사랑해서 좋다.

놀이터

놀이터에서 아이들이 까불까불 잘도 논다. 뭐가 그리 재밌는지 말하지 않아도 웃고 깔깔댄다. 덩달아 강아지들도 촐랑촐랑 까불며 뛰어다닌다. 나도 한때 꽤 까불었다. 신발 던지기 놀이하면서 까불고 친구들과 달리기하다 넘어져도 까불고 땅따먹기하면서도 까불었다. 총량의 법칙이 있는 걸까. 그 시절 많이도 까불어서 어른이 된 지금 까불 수가 없나 보다. 어떻게 다시 까불 수 있을까. 까불다 혼나진 않을 것이다. 난 이제 어른이니까. 생떼도 다시 펴보고 싶다. 근데 난 이미 늦은 어른이다.

공원벤치

운정호수공원 나무 그늘 밑 벤치에 앉는다. 벤치 끄트머리에 작고 예쁜 손거울이 놓여있다. 여자가 다녀갔다는 표시다. 몇 주 전 다른 공원에서 벤치에 놓여있던 신용카드와 커피 홀더가 생각났다. 오래전, 그 공원에서 벤치 위에 어린아이 벙어리장갑도 보았다. 나는 상상한다. 이 자리에서 많은 사람이 남기고 간 흔적들을 보며 만나보지 못한 그들을 그려본다. 손거울로 얼굴을 들여다봤을 여자를, 신용카드로 커피를 사서 마셨던 그분을, 벙어리장갑을 벗고 벤치에 걸터앉은 귀여운 꼬맹이를. 모두 기억해달라고 흔적을 남기고 떠났다. 나는 텅 빈 벤치를 남기고 일어섰다. 나는 아무것도 남기지 않고 떠난다.

골목길

어린 시절, 골목집에 살 때다. 한 아이가 골목길을 헤매고 있어 방향을 알려주었다. 낯선 아이라서 혹시나 길을 잃을까 "쭉 가서 오른쪽으로 돌아가고요. 다시 왼쪽으로 가서..." 친절히 알려주었다. 그 아이의 동선으로 내 시선이 꽂혀있었고 아이의 발끝이 보이지 않을 때까지 우두커니 서 있었다. 짠하다. 골목길을 헤매는 아이가 짠한 게 아니라 우두커니 서 있던 내가 짠하다. '그까짓 것, 대충 알려주고 그 자리를 떠나면 될 것을' 어른이 된 나는 이기적인 연습을 한다. 떠나가는 차를 멀리 두고 바라보지 않기. 헤어진 누군가의 뒷모습에 연연해하지 않기. 길고양이에게 인사하지 않기. 무표정일 만큼 이기적이고 싶다.

여자의 통화

저녁 산책길에 한 여자의 통화 내용을 우연히 엿들었다. 그녀는 목소리가 점점 커졌다. "손가락 마디가 뻣뻣하고 저려. 몸이 비를 흠뻑 맞은 것 같아. 두통약을 달고 살아. 거기에 영양제까지 셀 수 없이 먹고 있어. 근데 몸은 계속 아파. 하여튼 다 아프다니까!" 그러더니 한숨 크게 내쉬며 다시 큰 소리로 말한다. "요즘 내가 무슨 생각 하며 사는지 모르겠어. 죽을 날이 한참인데 큰일이야. 100살까지 살라고? 이 몸으로. 50년을 더! 밥도 하기 싫고 먹기도 귀찮아. 맛있는 게 없어. 가족들이 다원수 같아. 지겨워 죽겠어. 혼자 어디로 잠적하고 싶어!" 나는 그녀의 뒷모습을 등지고 반대편으로 걸음을 옮겼다. 내용만 들어보면 어르신 이야기 같지만, 아니다. 내 이야기이기도 하다. 사는 게 다 다르지 않고 다 좋지도 않다. 모두 다르지 않은 보통의 삶을 살아간다. 때론 아프면서 때론 울고 웃으면서. 나도 모르게 보폭을 넓히며 허벅지를 번쩍번쩍 들어 올리며 걷는다. "50년을 더?"를 중얼거리면서.

미용실

미용실에 가서 머리카락을 싹둑 잘랐다. 목선이 다 보일 정도로 자른 게 얼마 만일까. 머리카락 끄트머리가 삐치겠지만 자연스레 놓아둘 것이다. 미용실에 오래 앉아있는 걸 꽤 싫어해 대충 머리를 말리고 나왔다. 동네를 걸을 때마다 짧은 머리카락 끝이 바람에 찰랑인다. 어색해 머리카락을 쓸어내리며 횅한 뒷목을 쓰다듬는다. 뒷목에 달린 '숨'이 숨쉬기에 순조롭다. 더 일찍 용기를 냈어야 했는데, 이제라도 답답하지 않겠다. 자르길 참 잘했다. 숨이 잘 쉬어진다.

결국 샐리의 법칙

은행 업무를 보러 갔다가 앞 고객이 시간을 끈다. 서류에 문제가 생겼나 보다. 고객은 심각한 표정이고 상담직원은 진지하다. '참 운이 없어. 왜 하필 내 차례에서' 은행 일을 겨우 마치고 마트에 들렀다. 물건을 담고 카트를 끌고는 계산대에 줄 섰다. 내 차례가 코앞이다. 앞 고객이 시간을 끈다. 적립에 문제가 생겼나 보다. 고객은 당황한 표정이고 직원은 모니터에 집중한다. '또! 또! 또! 운이 지지리도 없다. 왜 하필 내 차례에서' 늘 그랬다. 늘 내 앞에서. 겨우 마트를 벗어나 차로 도로를 빠져나오는데, 어라! 신호등 초록 불이 가는 곳마다 켜진다. 집까지 착착 원스톱이다. 집 주차장에 도착해 무거운 장바구니를 들고 엘리베이터에 다다르는데, 엘리베이터에서 사람이 내려 바로 타게 되었다. 이상하다. 팔이 아플 만큼 들고 있다 타는 게 엘리베이터인데. 온종일 '머피의 법칙'만 성립되는 줄 알았는데, '샐리의 법칙'도 성립되었다. 삶은 나를 위해 활짝 열려있지도 그렇다고 완전히 닫혀있지도 않다. 그러니 삶인가 보다.

 첨언하자면, 샐리의 법칙은 머피의 법칙 반대의 의미로, 좋은 일들이 연달아 일어나는 것을 말한다. 영화 '해리가 샐리를 만났을 때'에서 맥 라이언이 맡은 역으로, 엎어지고 넘어져도 결국은 해피엔딩으로 나아가는 샐리의 모습에서 힌트를 얻었다고 한다.

사기

세탁기가 20년이나 됐다. 결혼할 때 샀던 거라 그렇다. 고장은 없지만, 왠지 기분상, 외관상 바꿔야 할 때다. 일레븐번가 사이트에서 후기 좋은 LG 통돌이 세탁기를 카드로 결제했다. 담당자 연락처로 도착 시점을 물었더니 오래 걸린단다. 그래? 그랬다. 기다리면 될 것을. 또! 급했다. "빨리 와주실 순 없는 거죠? 바쁘셔서" 그쪽에서 말했다. "현금으로 하시면 가격 할인도 받고 원하는 날짜에 도착할 수 있습니다" 나는 카드 결제를 취소하고 알려준 계좌로 현금 50만 원을 이체했다. 사기였다. 유명한 일레븐번가에 전화했더니 책임이 없단다. 윽. 사이버수사대도 소용이 없었다. 그 돈은 결국 그들 거였다. 원래부터.

부침개

　종일 비가 내린다. 이럴 땐 심학산 밑자락 할머니 묵밥 집에서 부추전에 동동주를 마신다. 식당 분위기가 세련되지 않아 좋다. 오늘은 내가 만든다. 짧게 잘라서 냉동해 놓은 부추를 꺼내어 양파와 부침가루를 섞어 기름을 두르고 부친다. 비 내리는 소리인지 부침개 부쳐지는 소리인지 구별이 되지 않는다. 세상은 빗소리에 젖고 나는 부침 소리에 맛있다. 비만 오면 부침개 먹는 날은, 소풍 가면 김밥 먹는 날처럼 머리에 세뇌되어 있다. 대대로 내려오는 관습처럼. '다 됐다' 양파장아찌 간장에 푹 찍어 먹는다. '최고다!' 삶이 부칠 때면 동동주 한 잔에 부침개를 부쳐 먹어야겠다.

오르막을 오를 때는 마음을 단단히 먹어야 한다.

힘들어서가 아니라,

울지 몰라서.

세찬 바람이 불어오면

눈시울이 붉어지고,

거친 바람이 불어오면

고개가 떨궈진다.

삶이다.

4.
매
일
의
삶
을
끼
적
이
다

감정이 무너져보지 못 한 사람은, 날것의 행복을 알지 못한다.

태양을 마주할 용기가 없어

아픔을 등 뒤로 숨겼다.

체기

　오래전 자주 체하던 날들이 있었다. 죽을 먹어도 물을 마셔도 체하고 또 체해, 정신이 몽롱해져 몸을 가눌 수 없었던 날들. 약으로도 듣지 않던 체기가 마음의 생채기로 머문 날들이 꽤 지속되었다. 삶이 그렇다. 타인에게 받은 두통, 가족에게 받은 근육통, 친구에게 받은 복통이, 삶의 체기가 되어 평생 뿌리치지 못하는 길고 긴 터널이 되었다. 마음으로도 달래야 달랠 수 없는 무수한 통증들이 모두 삶의 체기로 파고들었다. 그땐 외면하고 살았지만, 지금은 아니다. 더 이상 모른 척하지 않고 나를 알은체하며 살아간다. 내가 모든 삶의 중심이니까.

걷는 속도

　작은 산 둘레길을 걸으면서 땅에 박힌 뿌리에 넘어질 뻔, 수북한 잎사귀에 미끄러질 뻔, 하다가 결국 작은 돌멩이 하나에 넘어진다. 의자에 앉아 잠시 쉬어가면 좋으련만 발걸음에 자꾸 속도가 붙는다. 성정이 그렇다. 마음의 속도가 너무 빠르다. 빠른 두 다리 탓을 하지 말고 마음의 속도를 늦춰야 한다. 옆을 지나가는 강아지들도 여유로운데, 넘어질 듯하면서도 빨리 걷는 나는, 마음이 급하다. 보물찾기하는 것도 아닌데 말이다. 오늘부터라도 나무 하나하나 천천히 훑으면서 마음으로 걷는 연습을 해야겠다.

인사

인사를 잘한다. 음식점에서 밥을 먹을 때도 반찬이 놓이면 '고맙습니다' 인사하고 마트에 들러 계산할 때도 '감사합니다' 인사하고 아파트 엘리베이터 청소하시는 분들에게도 '수고하세요' 인사한다. 나를 스쳐 지나가는 사람들에게는 진심 어린 인사를 한다. 그렇게 인사에 애쓰다가 정작 가까이 있는 사람들에게는 인사 한마디 못 할 때가 많다. 가끔 상실감이 들곤 하지만 쉽게 바꾸지 못한다. 무릇, 가까운 사람에게 '해주고, 받지 못한' 큰 상처가 있는 건 아닐까.

키오스크

카페에 들어선다. 키오스크 앞에서 라떼 버튼을 누르고 카드를 꽂으면 계산 완료. 1분 남짓 짧은 시간에 계산이 끝나고 금세 라떼를 받아서 들고나온다. 이제는 직원과의 대화가 불필요하다. "안녕하세요" "뭘 드릴까요?" "아이스로 드릴까요? 따뜻한 걸로 드릴까요?" "사이즈는요?" "계산해 드릴게요" "적립카드 있나요?" "영수증 드릴까요?" "진동벨로 알려 드릴게요" 길었던 질문도, 대답도 없다. 카페에는 응대 언어가 사라졌다. 친절함에 대한 척도가 사라져 서로 간의 오해가 없으니 세상 좋아졌다고 말해야 할까. 일하는 직원들도 사람 상대하는 스트레스가 현저히 줄었다. 나도 내심 편리해진 시스템이 반갑다.

내 그림자

으슥한 가로등 아래 그림자가 내 뒤를 따른다. 무섭던 골목길엔 어느새 둘이다. 살면서 어둠으로부터 누군가가 나를 지켜주었던가. 곰곰이 생각해 보지만 없다. 내가 나를 지켜야 한다. 오늘도 뒤따르는 그림자가 고맙다. 평생 함께할 수 있을까 욕심도 내본다. '나와 함께 끝까지 갈 거면 내일도 따라와 주라. 그림자야'

보고 싶지 않은 사람

　12층 아파트에 산다. 바라보는 정면이 확 트여있어, 파란 하늘을 마음껏 볼 수 있고 어두운 밤에는 커다란 둥근 달을 덤으로 볼 수 있어 좋다. 오늘은 보고 싶지 않은 사람이 떠올라, 맑은 하늘도 보기 싫고 날아가는 새들도 귀찮다. '한번 미우면 계속 미운 걸까?' 아니면 '미워하기로 작정해서 더 미운 걸까?' 마음이 혼란스러워 오늘은 드넓은 바깥 하늘을 내다보지 않기로 했다. 암막 커튼을 닫았다. 깜깜한 낮이다.

미니 유서

삶의 끝은 죽음이다. 피할 수 없는 삶이 있다면 피할 수 없는 죽음도 있다. 나의 작은 바람을 담아 미니 유서를 작성한다. 많이 고마웠다... 로 시작한다. "평상시에 입던 옷을 입혀 화장시켜줘. 화장 후 바다나 산에 나를 뿌려 여행 보내줘. (불법이 아닌 곳에) 그리고 활짝 웃어줘. 절대 삼일장 원치 않아. 죽은 그날이 나의 마지막 날이니까 딱 하루만 시간 내줘. 한 해 두해 다시 그날이 되면 곁에 있는 사람과 좋은 곳으로 여행해줘. 나도 알아서 여행할 테니. 여행하면서 맛있는 거 먹어줘. 그러면 나는 하늘에서 행복할 것 같아. 아 참. 그날, 가족들만 모였으면 좋겠고, 조의금은 절대 사절이야!"   -남편, 딸에게

위

위가 좋게 태어나지 못했다고 작은 사찰의 스님이 말했다. 한의학 박사가 배를 꾹 한번 누르더니 똑같은 말을 한다. "위가 천성적으로 안 좋아요" 두 사람의 의견이 틀리지 않음을 안다. 늘 위로 고생했으니까. 위가 좋지 못해 마음마저 예민해져 있다. 타고난 고유한 성정이 편한 사람은 아닐 테다. 그래서일까. 속마음을 드러내는 것이 어색하고 불편하다. 속마음을 봉인하니 위가 썩 좋지 않다. 위가 좋지 않으니 마음이 예민하고 위가 예민하니 마음이 좋지 않고. 뫼비우스 띠인가. 나는 이 끈을 끊어버릴 테다. 지금부터 속마음을 들키도록 조금씩 내뱉을 것이다. "아, 외로워" "아, 힘들어" "아, 죽겠어" 위가 웃는다.

누군가의 가슴속이 그립다면

"아오이, 나처럼 후회하지 말거라. 자신이 있을 곳은 누군가의 가슴속밖에 없어."

다케노우치 유타카(준세이)와 진혜림(아오이)의 영화 '냉정과 열정사이'의 명대사다. 소설로는, 남성시점으로 쓴 츠지 히토나리의 'Blu'와 여성시점으로 쓴 에쿠니 가오리의 'Rosso'가 있다. 나는 우연히 에쿠니 가오리 Rosso를 먼저 읽었다. 이 영화에서의 짧은 줄거리를 말하자면, 대학에서 만나 연인이 된 준세이와 아오이의 짧은 사랑, 기나긴 이별, 기적 같은 재회가 담긴 두 사람의 애틋한 사랑, 삶의 이야기이다. 내가 가장 좋아하

는 이 영화의 OST 'The Whole Nine Yards'를 듣고 있노라
면 이탈리아 피렌체 연인들의 성지, 두오모 성당에 올라선 기
분이 든다. 꼭 두오모 꼭대기에서 준세이를 바라보는 아오이의
아련한 심정이랄까. 요즘 날씨가 부쩍 쌀쌀해졌다. 누군가 보고
싶어지는 쓸쓸한 계절, 가을이다. 만약 누군가의 가슴속이 그립
다면 '냉정과 열정사이' 영화 한 편 어떨까. 소설도 함께라면
더욱 좋겠다.

또 봄이다

끝나지 않던 처연한 겨울이 사라지고 또다시 감출 수 없는 봄이 왔다. 우리의 삶은 언제나 겨울이지 않듯 언제나 봄일 순 없다. 봄기운이 완연한 이 계절이 참 포근하고 사랑스럽다. 어쩌면 기댈 곳 없는 우리는, 계절에 기대어 살아가는지 모르겠다. 봄이란 계절은 부지불식간에 아픈 기억도 추억으로 만들어 버리는 힘이 있다. 금세 봄은 가버린다. 이 봄만큼은 가벼이 생각하며 가벼이 살 것이다. 우리가 이 봄을 잘 살아내면 이 계절은 배신하지 않고 또다시 찾아온다.

악플

인터넷 뉴스로 기사를 볼 때가 있다. 사회, 경제, 정치, 연예. 흥미로운 뉴스거리도 있지만, 추악한 가십거리에 댓글들이 실시간 넘쳐난다. 내가 쓴 댓글이 타인에게 악영향을 줄지 몰라 함부로 선플도 달지 않는다. 폭력성 짙은 글들은 한 사람을 해치고 삼켜버려 죽음에 이르게 한다. 타인에게 직접적으로 비난할 용기가 없다면 조악한 악플도 달아선 안 된다. 만약 당신이 그렇다면, 당신은 얼굴 없는 비겁한 살인자다. 오늘도 악플로 인해 또 한 사람이 죽어간다는 걸 간과해선 안 된다.

행복의 조건

우리나라 중산층의 조건을 나열해 보면, 30평 이상의 부채 없는 아파트, 500만 원 이상의 급여, 자동차 2,000cc 이상의 중형차, 1억 원 이상의 예금 잔고, 1년에 1회 이상의 해외여행이다. 나는 당연히 탈락이다. 노력해도 안 된다. 서글프지도 않다. 내가 만든 모든 층의 조건을 나열해 보면 이렇다. 하루에 3번은 웃었는지, 하루에 3번은 자신을 사랑했는지, 하루에 3번은 타인을 배려했는지, 이다. 수치보다는 행복의 양이 중요하고 소중하다. 행복하기 위한 조건들을 나에게 맞게 정리한 후, 리스트를 만들어보면 어떨까. 더 행복해지지 않을까.

그러려니

신호등이 초록 불로 바뀌고 횡단보도로 한 걸음 떼는 순간, 오토바이 한 대가 내 앞으로 쌩하고 지나간다. 버스에선 아주머니가 큰 소리로 떠들어댄다. 주차장 네모난 선을 밟고 차가 삐뚤게 주차되어 있다. 음, 오토바이를 쫓을 수도, 아주머니랑 맞서 싸울 수도, 자동차를 힘으로 들어 올릴 수도 없다. 내가 할 수 있는 건, '그러려니'다. 열 번의 숫자를 세고 웃어넘기려하는 '그러려니'를 연습한다. 사람에게도 풍미가 있으려면 웃어 넘길 줄 아는 혜안이 필요하다. 풍미 가득한 조개를 먹으려면 해감이 필요하듯, 내 안의 불순물을 토해내야 한다. '그러려니'의 삶이 꾸준히 이어질지는 모르겠지만 오늘도 '그러려니' 휴.

행복의 강박

누군가는 행복에 목숨을 건다. 하루에도 열두 번 행복해지고 싶어 한다. 좋은 집에, 좋은 차에, 좋은 배우자에, 좋은 자식에. 모두 갖춰지면 과연 행복해질까. 갖춰지는 그 순간부터 다른 행복의 목표가 세워진다. 좋은 회사에, 좋은 상사에, 좋은... 끝도 없다. 방향을 틀어보자. 좋은 햇살이 창틀로 빛을 내리더니 방안이 화사해진다. 창문 바깥 하늘 위로 새 한 마리가 날아간다. 발코니에선 널어놓은 빨래가 하얗게 말라간다. 거실 테이블 위엔 커피 한 잔이 얌전히 놓여있다. 토요일 오후의 일상이 행복이다. 행복엔 강박 따위가 필요 없고 한 번의 미소만 있다. 불행할수록 행복의 강박은 커지는 법이다.

밤 편지

잠이 오질 않아 끼적인다.

'떠오르는 태양에 눈물짓고 사그라지는 일몰에 슬퍼하는 당신, 삶이 참 지난하고 빈한했다. 삶에 세워진 벽들을 하나씩 부수며 그 부침을 감당하며 살았다. 나는 바란다. 불타오르는 태양에 환호하고 일몰에 미소 짓는 삶이, 꼭 당신이기를. 꼭 당신이어야만 하기를, 그토록 바란다. 고생 많았다. 당신'

비가 그친 후

오후의 하늘은 청명하고 청량하다. 더 이상 비는 오지 않는다. 며칠 동안 뿌옇던 세상이 다시 살아나 빛 내림마저 예쁘다. 비만큼 시원한 청소는 없다. 발코니 난간이 깨끗해졌고 차도 세차해 주었다. 오늘은 깊은 호흡을 하며 걸어야겠다. 청량한 공기가 나를 새롭게 한다.

걱정투성이

'걱정해서 걱정이 없어지면 걱정이 없겠네'라는 티베트 속담이 있다. 티베트 사람들도 걱정투성인가 보다. 걱정이 하루에도 쉴 새 없이 일어난다. 걱정해서 해결될 건 아무것도 없는데도 말이다. 우리는 왜 남 걱정까지 보태어 끊임없이 걱정하며 살까. 서둘러 두통약을 찾기 바쁘다. 걱정은 점점 부풀어 오르는 풍선 같아서 끝내 터져버린다. 걱정하는 타입의 나는 비장하게 결심한다. 걱정은 한 달에 딱 하루만 하기로. 쉽지 않겠지만 해보자. 그 걱정! 음, 한 달에 한 번은 무리인가. 두 번 할까. 아니면... 일주일에 한 번 할까. 걱정이다.

엄마

따스한 밥에 김치 한쪽 찢어 한입에 넣어줄 엄마가, 더러워진 운동화를 새하얗게 빨아줄 엄마가, 악몽을 꿔 잠 못 드는 밤 토닥여줄 엄마가, 필요하다. 보글보글 끓여주는 돼지고기 김치찌개가 생각날 때도, 두부가 가득한 집된장으로 만든 된장찌개가 그리울 때도, 엄마가 필요하다. 내 엄마도 엄마가 필요했겠지. 오늘 나는 엄마가 절실히 필요하다. 내 엄마처럼.

화 낼일 아니라고

핸드폰이 블랙 아웃되고 압력밥솥이 고장 나고 걷다가 빙판에 넘어지고 TV가 잘 켜지지 않고 차에 시동이 꺼지고 방문이 잠겨버리고 계좌이체에 문제가 생기고 세탁기가 돌아가다 멈춰도, 이 모든 것이 사람 관계에서 일어나는 상처 받는 일은 아니니까 괜찮다고. 다 괜찮다고. 이 모든 것이 일어날 수 있는 아무 일도 아니니까 다 괜찮다고. 화나는 일은 아니라고, 짜증 내지 말라고, 나에게 당부한다.

기준

　초등학교 운동장 옆을 지나치다가 한 아이의 '기준!'하며 외치는 소리를 듣고는 그쪽으로 발길을 돌렸다. 학교 운동장에서 그 '기준'에 맞춰 아이들이 일사천리로 착착 줄을 잘도 선다. 신나는 체육 시간이다. 아이들은 똑같은 간격으로 똑같은 거리를 두고 서 있다. 문득 이 아이들이 나처럼 어른이 되어 사는 세상은 어떨까 궁금했다. 험한 세상으로 나와 서로 다른 '기준'에 서게 되면 얼마나 많은 좌절을 경험할지 벌써 안쓰럽다. 우리 아이들은 어른들이 만들어 놓은 허울 좋은 기준에 좌절치 말고 기죽지 말고 고개를 똑바로 세우고, 찰나의 행복을 무기로 삼고 살아가길 바란다. 꼭 그래야 할 것이다. 나는 잠시 아

이들을 구경하다가 뒤돌아서서 다시 갈 길 간다. 그 사이 운동
장에서는 아이들의 까르르 웃음소리가 울려 퍼진다. 내 발걸음
에 리듬을 탄다.

45번 버스

하교 후 45번 버스를 타고 종점까지 갔었다. 교복을 입은 채 차창에 기대어 풍성한 나무들을 수도 없이 보내며 나는 울었다. 어른들의 꿈틀대는 위선 속에서의 어린 나는, 미성숙함과 미욱함으로 점철된 나날들을 보내고 있었다. 결국 그날 종점에서 다시 집으로 돌아와, 지금은 순간 이동한 듯 어른이 되었다. 아는 척, 잘난 척, 거만하기도 오만하기도 한 지금의 나는, 버스 종점까지 갈 용기도 울 용기도 없다. 나는 그때의 나에게 용기를 허락해 주어 감사했다고 토닥이며 말하고 싶다.

인생 뭐 있다

'인생 뭐 있어!'라고 말하지만, '인생, 짧다'라고도 외치지만 인생엔 복잡한 게 많고 살아보니 꽤 길다. 함부로 얕보아서는 안 될 인생은, 최선을 다하다가 차선에 이르고 차악까지 끌려가다 결국 최악으로도 가는 것이다. 그러다 다시 한번, 손에 힘 빡 주고 최선을 다하는 게 모두의 인생이다. 그렇게 인생은 한 걸음에 힘들고 두 걸음에 포기해도 다시 일어나 세 걸음 걸어보는 것. 어느새 열 걸음째 돼서야 가는 방향을 조금 알 수 있다는 것. 인생은 살아보니 살아진다는 말이 맞고 무너지고 또 무너져도 덤덤히 살아내야 하는 것이 맞다. '인생 뭐 있고, 인생 길다'

착한 아이

흐드러지게 핀 꽃을 꺾어본 적 없고 바닥에 휴지 하나 버린 적 없다. 돼지 저금통의 동전을 훔친 적도 없고 친구를 때려본 적도 없다. 태생부터가 착한 아이였을까. 아니면 착한 아이로 키워진 걸까. 그렇다면 그 착한 아이는 착한 어른이 되었을까. 나는 대답하지 못하겠다.

사랑, 이별

　사랑이 깊을수록 이별의 고통은 잔인하고, 이별의 아쉬움은 한숨처럼 진하다. 이별한 날보다 그 뒤로 따라붙는 기나긴 슬픔의 그림자가 발끝에 머물러 외롭다. 사랑이 없다면 이별도 없다. 어쩌면 우리는, 아쉬운 이별을 하려 잔인한 사랑을 하는가 보다.

인향만리

'인향만리'라는 말처럼 사람의 향기는 만 리를 간다고 한다. 내 삶에는, 나에게는 향기가 날까. 알 수 없다. 내 향기가 어디에서 서성이는지, 어디쯤 있는지조차 몰라, 다른 사람의 향기조차 맡을 수 없다. 우리는 향기가 나질 않아 꽃잎에 코를 갖다 대는지도 모르겠다. 나를 나로 가득 채우면 내게도 향기가 날까. 그 향기가 만 리는 갈 수 있을까. 기다린다. 그때가 언제일지 몰라도 기다린다. 나는 나를 오롯이 기다린다.

타인의 삶

타인의 삶을 엿보다 보면 열등감과 열패감에 휩싸인다. 그림 같은 집의 그들을 엿보다가 자신의 삶을 원망하며 스스로를 짓밟은 채 괴리감으로 피폐해진다. 한때, 내 삶을 살지 않고 타인의 삶을 갈구한 적 있지만, 지금은 아니다. 이제는 부러움 따위가 부끄러운 나이가 되었다. 누군가의 삶은 내 삶이 아니란 걸 인지하고 부지런히 내 삶을 엿본다.

혼자의 삶

가끔 혼자 남은 나를 상상한다. 둘이 아닌, 셋이 아닌, 혼자. 그래서일까. 혼자 살아가는 연습을 한다. 혼자 일어나 혼자 밥을 먹고 혼자 일하고 혼자 장보고 혼자 걷다가 혼자 잠드는, 그런 연습. 연습이기 전에 늘 있는 일상이다. 우리는 이미 혼자였고 앞으로도 혼자다. 스쳐 지나가는 숱한 사람들은 허구 속 상상의 인물일지 모른다.

책

책이 읽히지 않는다. 처음부터 끝까지 정독한다는 게 어린아이처럼 힘들다. 띄엄띄엄 읽거나 몇 페이지를 쓱 넘기며 대충대충 읽을 때가 많다. 혹시 난독증일까. 흔히들 있다고 들었다. 아니면 그냥 귀차니즘일까. 끝까지 뭘 하는 것도 집중이 안 되고 이해해야 할 부분도 귀찮아 넘겨버린다. 이유는 모르지만 잘 안되는 건 체념하기로 했다. 안 되는 걸 되게 하는 것엔 충분한 에너지가 필요한데, 그럴만한 에너지가 이젠 없다. 이제부터라도 그림책을 볼까. 나쁘지 않다.

부동심

삶에 의연한 사람이 있다. 파고가 높이 차올라도 배가 파도에 전복되어도 칠흑 같은 어둠이 내려앉아도 의연한 사람. 나는 그런 사람이고 싶다. 마음이 흔들리지 않고 평온한 사람. 어떤 충동이나 충격에도 흔들리지 않는 그런 마음, 부동심을 갖는 사람. 얼마 전 차 사고가 났을 때도 우왕좌왕하며 상대 탓만 했었다. 결국 내 탓인 것을. 참 의연하지 못했다. 시간을 켜켜이 쌓으며 살았음에도 의연함과 부동심은 나의 것이 아니다.

매일의 삶을 끼적이다

마트에 간 김에, 2층 서점에 들러 책을 찾고 책을 읽는다. 방학이라 아이들이 많다. 책 하나 골라 펼쳐 들고는 생각했다. '사람들이 글을 읽는 이유는 뭘까?' 나에게 던질 질문을 사람들에게 전가한다. 글을 읽는다는 건 알고자 함이 아니라 쓸쓸함을 채우기 위함이 아닐까. 그렇다면 '글을 쓴다는 건 뭘까?' 글을 쓴다는 건 알리고자 함이 아니라 외로움을 나누기 위함이 아닐까. 내가 묻고 내가 답한다. 나는 지금 글을 쓰며 매일의 삶을 끼적이다 웃기도 울기도 한다.

삶

삶은 당신보다 쉽게 지치지 않는다. 그러하니, 사느니 죽느니 하며 시간을 허비할 필요는 없다. 맞서 싸우기도 화해하기도 하면서 혹은 지겹게 좋기도 등지기도 하면서 지치지 않는 삶을 천천히 끌어내면 된다. 지치면 잠시 쉬어가도 되는 삶은, 당신 보다 쉽게 지치는 법이 없으니 그 삶 속에 우리를 맡기자. 당 신도 그렇게 하자.

감사함

손톱을 자르는데, 문득 감사함이 든다. 연약한 살을 덮어주는 단단한 손톱에, 뼈를 덮어준 모든 살에, 볼 수 있는 두 눈에, 앉을 수 있는 엉덩이에, 걸을 수 있는 두 다리에도, 감사함이 무한하다. 결국 나는 나에게 감사했다. '감사함'은 특별하지 않고 지극히 평범하다. 이 사사로운 '감사함'의 마음은, '나'로부터 시작해 분명 누구에게로 전염될 것이다.

기억

기억이 문득 떠오를 때가 있다. 택시 안 누군가의 어깨에 기
대어 꾸벅 졸았던 기억, 버스 뒷좌석에서 한쪽 이어폰으로 음
악을 나눠 듣던 기억, 놀이동산에서 차가운 음료수를 함께 마
셨던 기억, 그 기억 속으로 사람들의 온기가 느껴진다. 그 기억
들이 하나씩 모여 지금의 연약함을 달래주고 나약함을 감싸준
다. 나는 소소하지만 특별했던 그'때'를 잊지 않으려 한다. 어
느 순간 그 오래된 기억들이 기시감으로 찾아올지 모르니 소중
히 품는다.

아가

공원에 엄마와 아가가 걷는다. 아가 따라 엄마도 아장아장 걷는다. 그 뒷모습이 얼마나 예쁘던지 옛 생각이 든다. 그땐 몰랐지만, 걸어가는 뒷모습만으로도 얼마나 행복이던가. 그땐 앞만 보며 걸었으니 몰랐을 테지.

애썼다

밟아버린 초록 풀들이 아우성 되다가 겨울 되면 내 발밑에서
검게 죽어버린다. 봄이 되어 하나둘 일으키는 풀들이 진한 초
록의 여름이 되면, 그 진한 풀들 위에 간이 의자를 놓고 앉는
다. 그제야 말한다. 너무 늦지 않게. '애썼다. 살아내느라'

상처

무르익은 청포도를 두 손가락으로 한껏 올려 한 알 한 알 따
먹는다. 입 안 가득 포도즙이 터지면 입안은 축제다. 어느새 다
먹어버린다. 두 손가락엔 텅 빈 작은 나뭇가지만 들려있다. 내
상처는 어느새 알알이 터져 사라지고 없다. '잘 먹었다' 입안이
화사해졌다.